乐先词

朱乐先 著

东南大学出版社
SOUTHEAST UNIVERSITY PRESS
南京 · 2018

内容简介

本书收集作者近年来创作的 600 余首词，记录了作者真切的生活感悟。作者出生在天井湖，成长在洪泽湖，成熟在骆马湖，奉献在太湖，与水、与湖结下了不解之缘。水是生命之源，湖是地球之肾，是人类赖以生存的根本。写水、写湖，一方面讴歌祖国的美丽山水，净化心灵，陶冶情操；另一方面关注生态，呵护环境。作者以希通过自己的亲身体验和感怀，引起全社会更加自觉地对生态敬畏，对环境保护，更加热爱祖国的山山水水、江河湖海，让人与自然、人与社会、人与人和谐共生，让中国更加美丽。

图书在版编目（CIP）数据

乐先词／朱乐先著. —南京：东南大学出版社，2018.10

ISBN 978-7-5641-8028-7

Ⅰ．①乐… Ⅱ．①朱… Ⅲ．①词（文字）–作品集–中国–当代 Ⅳ．①I227.8

中国版本图书馆CIP数据核字（2018）第233243号

乐先词

著　　者	朱乐先	
出版发行	东南大学出版社	
社　　址	南京市玄武区四牌楼 2 号 　（邮编：210096）	
出 版 人	江建中	
经　　销	全国各地新华书店	
印　　刷	江苏凤凰数码印务有限公司	
开　　本	700 mm × 1000 mm　1/16	
印　　张	24	
字　　数	280 千	
版　　次	2018 年 10 月第 1 版	
印　　次	2018 年 10 月第 1 次印刷	
书　　号	ISBN 978-7-5641-8028-7	
定　　价	63.00元	

（本社图书若有印装质量问题，请直接与营销部联系，电话：025-83791830）

序

诗言志，词亦然。

志出于心，心在于人，人沉于情，情源于自然。

生于天地之间，四季轮回、春夏秋冬，风华果实、寒来暑往，阴晴昼夜、明月阳光；高山大海、河流平川，蓝天白云、绿色森林，莫不多姿多彩、美伦美焕，千奇百怪、变化万般，不禁流连忘返，徜徉徘徊，身临其中，陶醉其怀。

流于家国乡里，父母双亲、妻儿老小，同窗好友、同仁兄弟，家庭事业、爱情友情，人生抱负、功名利禄，酸甜苦辣、喜怒哀乐，山珍海味、粗茶淡饭，一欢难罢、一醉方休，莫不真真切切、起起落落，千丝万缕、千年万代，难解难分，难以释怀。乐先词之志也。

朱乐先
二〇一八年秋

目　录

乐先词
LEXIANCI

乐先词

LEXIANCI

乐先词 LEXIANCI

乐先词 LEXIANCI

乐先词
LEXIANCI

乐先词 LEXIANCI

"一楼一堤"故事有感

堤平楼起东坡手，
江浙徐杭举世州。
封建吏官知守土，
公仆当解万民忧。

欸乃曲　小暑

狂雨倾盆庭树淋，
明阳高照响蝉音。
阴晴起伏竟无定，
冷暖高低留内心。

欸乃曲　日出

新日圆轮升自东，
人间苏醒亮天空。
除清老虎似霾雾，
华夏重来红色彤。

安公子　银台第

秦淮波浪灿，古禅灵渡辽阔，
水入长江北去，芳草青青漫。
平川新开岸，南运渎趋北上，
浩浩粮船不断，长抵仓城贯。

竹格建陡门桥，两河共看。
旁甘雨巷，豆腐苑里将军院。
更有银台第，通政罗家，
高宅深巷见。

暗香 大雪

入冬时少，大雪节气到，艳阳高照。
古老城南，阵阵喧嚣放鞭炮。
安静小区空空，森林下、狗儿多跑。
竟无风、树叶缤纷，欢戏鸟儿叫。

真好，椅子靠。自躲阳台中，恰似春闹。
日浓正巧，温暖满屋去寒早。
唯恐时光流逝，书览胜、充实需要。
看窗外、人迹几，更穿棉袄。

芭蕉雨 白花

又是春光乍现，早来一场雨、和风脸。
似雪素花开遍，怎奈落水长浇，湿痕点点。
事凡都要历练，人更靠真验，坚定且硬实、英雄见。
是汉子、丈夫爷。花朵美好容颜，谁来眷恋。

八六子　黄山

到黄山，万峰穷仞，林涛云海之间。
重岭怪石栩如生，奇松临空亭立，
飞泉更非等闲。莲花一线接天。
登顶已浮尘上，虚虚幻幻同仙。

北海站凉台，初升东日，
更出揽胜，已忘回还。
惊飘雪，漫际银装素裹，消魂不知寒。
此难圆，今生再来赏玩。

八六子　竺山小镇

夜来长，日白将短，天高云淡夕阳。

午后告金陵匆匆，高速驱车东下。

江南处处风光，南京村落芬芳。

天目湖鱼头棒，宜兴善卷窟旁。

句容圣茅山，天生桥叹，

绿茶大片，富庶之乡。

无暇赏，径抵竺山小镇，组织开会奔忙。

敢担当，为着太湖碧汤。

八归　富春江

青山点点，连绵身影，高耸矗立水畔。

森林密布层层绿，多彩色颜浓淡，富春江岸。

浩渺烟波涟浅浅，一片闪光银白艳。

畅广阔、来往游船，满载乐无限。

幽路高低起舞，蛇游弯曲，上下来回飞转。

洞天来有，隐约村落，黛瓦白墙凭现。

看溪流见底，列队红鱼放生叹。

八方客，住平民宿，饱览风光，尝农家土饭。

八声甘州　宏村

更穿山路始到宏村，小径曲弯长。
半月桥临水，一直伸去，贯穿荷塘。
深巷石条路窄，黑瓦粉墙房。
偶有大宅院，主在何方？

游客如云不断，里外真热闹，户户开张。
货琳琅满目，烹饪最留香。
顺河流、林荫难透，绿色绵、山地遍风光。
天依旧，难知后事，留住原乡。

八拍蛮　蟠龙湖

路入翠山无尽头，
隐约林里几家楼。
偶尔鸡鸣闻狗叫，
蟠龙水碧径通幽。

八音谐　度周末

周末舍南京，高铁朝西走，秋阳高照。
壮观大南站，轨排排多少。
牛首过去长江，一路快、家人相见到。
赏夕下，看新城面貌，湖中楼倒。

夜幕来临万户灯，老伴逛超市，热声喧闹。
寻酒菜精挑，晚餐陪真好。
下厨烹饪齐忙，对饮乐、暖心情调。
月亮白星空，夜静静、明天晓。

百媚娘　水彬林

何处树高千丈，一线束来光亮。
列列竖横排紧密，更远尽头无望。
绿色成荫风景赏，凉意添身上。

半世纪彬苗壮，意外放湖边长。
寂寞地偏风雪雨，成大树参天样。
五月偶朝林海往，精气神高涨。

拜新月　党员进横山社区

横山又相见，
暖意党员带。
问苦贫访民，
走村虚心拜。

白雪　泗洪洪泽湖湿地

阳光六月，天碧净、无边麦浪金黄。
虚渺大湖，白云万象，无穷彩鸟飞翔。
水悠长。茂芦苇、盛草辽荒。
百花放、果实垂挂，点缀映波光。

迎面九曲汴河，千年岁月，竟流芳。
大道岸边如带，通美景前方。
来贵客、乐乎不亦，土特产纯香。
品双沟酒，情浓意切微狂。

宝鼎现 中国

共和新建，站起华夏，中国您好。

天朗朗、东方红唱，朝日勃勃升起早。

百姓乐、要当家为主，发自忠心喜笑。

大建设、搞发展快，国力增强飞跳。

盛世同太平光照，满人间、家户知晓。

思想亮、真天下普，全世人民崇领导。

总书记、领航挑担重，力挽狂澜既倒。

反腐败、廉洁建设，老虎苍蝇不少。

提五位体宏图，深化改革康庄道。

四局求全面，坚持新常态靠。

绿水净、更青山绕，带路成功妙。

上下愿、拥新核心，实现中国梦到。

拜星月慢 五保湖

五保湖边，锦溪酒店，小住停留一晚。
道路蜿蜒，树林葱葱艳。
夜初降，满眼灯光璀璨明亮，宛若长龙成练。
如梦水乡，让人无眠念。

水流连、冷面寒风远，玉般浪、涌向前无限。
芦苇摆曳沙沙，素花频频点。
望西方、候鸟飞行贯，陈妃墓，依旧莲池院。
人间好、天地中，锦溪能了愿。

百宜娇　稻香楼

忆想当年，护城河外，随望顷田无际。
日起东方，晚阳徐落，秀美风光千里。
蛙鸣夜静，昼碧绿、秋金黄起。
稻香楼、观赏地方，竟成悠远名气。

穷岁月、天翻地易，多广厦高楼，满城林立。
觅稻香楼，闹里取静，林木葱葱安寂。
花开鸟语，曲径贯、喧嚣离去。
主人来、下榻此间，入眠欢喜。

保寿乐　天目揽秋

天目晚秋浓彩，毕竟江南风景好。
远处大山重，郁郁葱葱，目难及眺。
似洗天空，湛蓝尤大海，深高淡云稀少。
日丽暖风过，阵鸟鸣叫。

满湖清明如照，树倒影、唯真唯俏。
弯溪静如镜，流胜雪，皱波跑。
年岁每更替，枯荣木林相报。
入此梦仙境，人生不老。

别怨　梧桐树

三月春迎，树梧桐、雏叶如莹。
干斑斑点点，繁枝任意色青青，
一代年轮一代形。
巨大巍峨样，长排阵、气势姿雄。
无须几月，层层荫盖多情。
夏天无可惧，遮酷热、好心情。

碧牡丹　家乡

丽日当头照，田野连天角。
五月风光，最美春天拥抱。
绿色丰浓，花朵频频笑，麦苗风下欢蹈。
故乡好，汴水湉静绕，淮河涌流飘渺。
古镇青阳，胜过泗州多少。
五谷丰登，鱼蟹之乡号，洪泽湖畔荣耀。

遍地锦　自嘲

自打金陵立身后，六年头、性格依旧。
早出勤、常免过往、来回复走。

上班中、一副严明，少言行、与人为友。
更立功、优秀连三，幸慰己、德行炼够。

鬓边华　金陵春

满城花海怒放，香四溢、春光尽赏。
绿坛中、庭院公园，岭河畔、缤纷荡漾。

金陵无限新装，应没恙、生机兴旺。
历朝代、多少人仁，醉其中、江南绝唱。

薄幸　孝女看父

出差家外，乘高铁、时间不快。
越千里、风尘行走，疲惫辛劳形态。
转汽车、长路颠还，朝来夕至心无奈。
放下旅行箱，直趋房里，老父身边亲拜。

口味否、多餐吃，调饮食、要鲜嫩菜。
嘘寒又问暖，经常保健，更留意换衣穿戴。
嘱咛交待。检查身体去，坚持拒绝人言赖。
依依告别，愿百年时日在。

卜算子　天目情

夜色掩江南，灯火华天目。
吃罢鱼头白汁汤，别墅山间住。
惊醒艳阳天，湖镜空山露。
群鸟高飞渐渐无，满目层层树。

步蟾宫　游淮河

淮河千里弄烟雨，梦云雾、清明时起。
麦无边、又是一年丰，远望处、菜花黄丽。

林深杨树薄薄绿，柳条荡、叶鲜吐絮。
大堤长，坡下现，小村庄，应无恙、星罗宁聚。

步虚子令　青春

月明香酒夜光杯。生命有几回。
自当珍惜，年华如蔻难随。
理想梦、任相追。
莫沉寂寞相思味，不止步、成功陪。
几时再见，你心欢笑开眉。
难道是、梦成堆。

伴云来　中铁四局

鸭绿江边，硝烟战火，险危逢生华诞。
生命之躯，坚如钢铁，保障支援前线。
立功赫显，赢胜利、世人惊叹。
归国投身建设，中央高兴夸赞。

修西藏天路远，造成昆、大山相挽。
通上青天蜀道，白云随伴。
高铁神州纵贯。铁桥架、飞霞彩虹练，
隧道开来，风光画卷。

采莲子　旭日

旭日初升满目霞，
彩云飘舞应无涯。
众楼影重如林立，
一夜天开万物华。

采莲令　回乡

远林孤，天日浓难暑。
回乡客、正行归路。
不需问讯往何方，自己车夫赴。
穿江面、凄凄冷水，
归心似箭，秣陵渐去无处。

一驾飞车，转眼故里亲双目。
金银店、酒香无数。
貌容依旧，更畅饮，忆往言谈住。
始方料、童心未老，
情思一致，性命岂能虚度。

采绿吟　走仙林

起伏群山岭，放眼处、树木苍苍。
登高远望，九乡河水，东去长江。
夕阳无限亮，余辉闪、地天一派安祥。
鸟前飞、风声劲，从来都好模样。

南北错东西，呈横纵、铺新油路宽长。
地铁往来行，载客更繁忙。
学城强、科技园多，添人气、平川起楼房。
流光景，花锦簇团，千朵万香。

采桑子　五九雪

才迎腊月八佳日，祈愿平安。
霾雾无边，粥味香浓难自圆。
迟来五九飞天雪，冒似原颜。
化水惊观，黑白分明二重天。

彩鸾归令　江南春光

无限春光，醉看江南梦水乡。
碧波静静任徜徉，去何方。
一桥飞过哪家往，不见乌溜黛瓦墙。
正时油菜泛花黄，赏无妨。

侧犯　周末记

又逢周末，不期小雨沙沙坠。
车队。大树叶层层、尽湿泪。
窗前绿茂盛，迎面难相对。
人累。无见影、只听响声脆。

房空室静，同事出差未。
开短会。调研忙、工作措施最。
敬业精神，履职必备。
苦干务实，自身无悔。

茶瓶儿　太湖竺山湾

太湖竺山湾北岸，
一山立、风情千万，
深谷折回转。
树林幽密，翠绿浓无限。

拾路登高瞭望看，
云彩舞飞清波现。
城市乡村点，
好江南叹，天上人间愿。

长命女　春雨

春下雨，贵比如油农民遇，夏季粮山聚。
城里不知麦趣，长势喜人穗举。
炎热将来黄缕缕，遍野黄金取。

长命女　年夜宴

年夜宴，好酒一杯连一遍，再拜陈三愿。
一愿双亲百岁，二愿犬儿康健。
三愿夫妻相互恋，暮暮朝朝见。

长生乐　静·蘭茶坊

斗室一间静静幽，独处小西楼。
半窗帘挂，景色隐约收。
淡雅纯约桌椅，字画墙头。
书香成摞，古架全陈设多优。

闲时下午，正坐成周。
酌茶品味为由。
谁想是、女主小溪留。
泡沏烧水心巧，饮过万般休。

长亭怨慢　秋日

叶纷落、意杨树瘦。杉木拔挺。绿仍依厚。
冠盖梧桐。大高银杏灿黄透。
密林深远。无尽处、形枯朽。
正午太阳时。撒满地、影身多皱。

秋候。稻香铺谷穗。颗粒收归仓就。
茬田块块。垄阡陌、麦芽雏秀。
小村里、鸡犬相闻。少人迹、炊烟长有。
醉无限乡愁。偶入云游消受。

长相思　溧阳

天目湖，长荡湖，天赐双双对玉珠。
函山一立孤。
北流出，南流出，汇水东方拥太湖。
溧阳仙境殊。

长相思慢　黄栗树湖

枣岭悠悠，起伏岗壑，正是气爽秋高。
林中小道，路转峰回，群山宁静迢迢。
万木争梢，望层林尽染，五彩如潮。
飞鸟舞云宵，乘长风、不见丝毫。

楚尾并吴头，孕江淮里，黄栗树韵湖辽。
青峰环周绕，碧波平、倒影形遥。
天地相交，佳境好、惊如此娇。
叹人间、一方水土，妖娆分外全椒。

钗头凤　赏雪

光秃树，枝枯露。
叶黄孤晃风寒处。
当空雪，纷飞泄。
滚翻齐舞，地收全灭。
冽、冽、冽。

高楼住，窗前睹。
一屋温暖良辰度。
车流列，人急切。
南北东西，路行难却。
越、越、越。

朝天子　春恼

二月高阳照，秦淮碧、梅花芳俏。

钟山热闹，引众多人笑。

陡降下、超低温度到。

雨雪交加风弄哨。

春睡恼，守空室、长宵明早。

朝玉阶　大小红山

从小红山一路来，大红山雨下。

小花开，洁白无数哪人摘。

春开冬去再、放心怀。

满田青麦长节才，绵延山内外，顺风歪。

沿坡成片果林栽，

盼金秋岁月、再回还。

朝中措　天目别墅

楼台天目倚晴空，山色有无中。
凝望栏前绿树，别来几度秋风？

岁将天命，几多朋友，一饮千盅。
欢乐何须年少，相逢不枉心同。

城头月　春雷

春雷阵阵刷刷雨，路上车人许。
闪电频频，天空是昼，色暗黑无际。
大楼身隐灯光聚，上下朦胧里。
世上阴晴，人间冷暖，随刻都能遇。

春风袅娜　陪维民

老兄维民到，面带谦容，相让座，略轻松。
赏苏绸、不愧是江南技，礼轻情重，材质柔绒。
领导相约，嘘寒询暖，细处条条交待中。
准备提纲再修改，学习公务要成功。

抽空回家探母，堪为孝子，见娘面、去往匆匆。
农家菜，乐融融，休闲掼蛋，赢负相同。
畅饮洋河，酒逢知己，觉千杯少，盏盏喝空。
来回相敬，意犹方难尽，从无海量，汗冒颜红。

春光好　宏觉寺

金陵胜，大江南，祖堂山。
经历千年宏觉寺，万香还。
翠谷青山幽隐，云腾雾绕祥仙。
重立宏成功第一，法名传。

春光好　江宁行

天微雨，日无当，梦春光。
牛首山头新塔立，地宫藏。

一片碧波水亮，草青竹翠花香。
云雾依稀神秘处，路何方。

春晓曲　专家会

科学治太支撑靠，
各路专家热讨。
落实环境美要求，
誓让太湖清水绕。

春云怨　桐庐

桐庐世界，世界藏潇洒，从来了解。
梦幻富春江卷，碧绿水迢迢冽冽。
立大奇山，群峰披翠，岭嶂层峦阻天却。
城卧山中，山依城外，昼暮晚晨夜。

迷离雾霭疏稀且，气风然化雨，阳光明切。
如画田园赏心阅。
村落闲祥，百姓人家，乐居安业。
绕曲溪流，地畴方块，共度过时皓月。

赤枣子　四径山

路曲曲，竹亭亭。
往江宁四径山行。
俯一片蟠龙碧水，
望如林广厦金陵。

促拍采桑子　心如草

心似草荒芜，踏出门、随处春图。

怀纯少小，无言以对，心自孤独。

雨点天空中落下。向谁身、都伞持扶。

含苞邂逅，桃花燕色，蜜水留珠。

促拍满路花　四个全面好

四个全面好，战略布局彪。中国兴旺梦崇高。

总书记号，两个百年标。

小康实现要，全面深化改革，道路一条。

党从严治关键，依法治国牢。

北京开两会出招。

壮心断腕，再痛也出刀。

百姓跟着你，奔新时代，一心万众如潮。

簇水　雨南京

一夜江宽，水长淼淼平堤岸。
始来梅雨，顿立注、迎滩涂漫。
眼见江心洲小，滚滚洪流转。
天地力，壮观惊叹。

大桥挽，浪涌跳、夏风上下，
孔洞窄、空高半。
云烟笼罩，隐隐现金陵幻。
敢问圣龙何顾，沐浴南京遍。
当晴日，都会十朝艳。

翠楼吟　锦溪

望远金波，临平玉浪，心怡五湖三荡。

莲池禅院外，奈何有陈妃模样。

菱塘湾漾，一派梦江南，陈楼深巷。

寻声望，手摇船过，秀村姑唱。

月亮，十眼长桥，暮色云天处，静风孤朗。

市河流静静，古街水依灯笼晃。

游人无攘，户户业开张，风俗同赏。

红灯上，夜胧明暗，锦溪难忘。

大椿　家乡行

千亩荷塘，莲芳藕香，依傍洪泽湖畔。

沿泗水田地，故道黄河岸。

炎夏花涛波叶涌，美不胜、游客人万。

开心采满果实，品味农家餐饭。

曾经五彩红绿开，转眼撒金，一片黄看。

大雁群飞过，冷风随紧伴。

长空云淡悠悠远，竟无边、西阳将晚。

月色清清，孤灯明、酒酣难散。

大圣乐　兰亭记

无限江南，尽情山水，越城风尚。

会稽下、茂密森林，绿掩映幽深处，溪曲流觞。

众文贤才华横溢，把浊酒、兰亭书法王。

曦之圣，右军时任上，行草犹狂。

如今墨宝件件，大家手、形轩昂馆藏。

历代留碑刻，竞相模仿，成就长廊。

戏水鹅池，群之形异，御笔乾隆高立墙。

国文化。更传承广大，源远流长。

大有　环溪村

美丽桐庐,醉心山水,富春江、天子山岗。
汇三流、潺潺小曲溪淌。
白墙黛瓦楼错落,层叠叠、依山坡上。
老树巨大参天,静听寺晚钟响。

源周氏,莲敬仰。自不染污泥,历朝褒奖。
民宿全村,致力旅游财广。
巧遇过时节到,值村口,杀猪当场。
候亲属,老友相迎,酣酣酒畅。

乐先词 LEXIANCI

大酺　过西湖

路过西湖，初冬里，林树排排环绕。
依稀山影前，雾霾空弥漫，笼蒙蒙罩。
岸边随行，商贾店铺，楼阁亭台灯耀。
寒风轻迎面，长天沉平静，一群飞鸟。
忽来钟声远，久扬回味，四方安好。

清波攸渺渺，断桥处，残荷纷纷掉。
不见雪、难寻风景，届时无来，
更抬头、正来欢笑。
水上船舟过，声响亮，游人难照。
柳摇叶，堤缓道。
前来回往，天下杭州来到。可知故城多少。

淡黄柳　健身走

冷风照面，吹过浑身怵，快步朝前精气露。
走大街穿小巷，车若长龙挤停堵。

叶飘路，初寒更钻裤，路灯隐、夜沉幕。
健身勤，上下班时固。
日月积长，体格康健，愉快生活喜度。

捣练子　天目湖

湖上静，绿山深，
不现行人声耳闻。
天目溧阳真胜境，
可怜不是此中人。

笛家　江淮行

辽阔江淮，沃野千里，沟河湖荡，
纵横南北东西壮。
夏来香麦，稻谷秋黄，
春时抹绿，冬铺银亮。
隐隐村庄，热繁城市，点缀其间望。
故乡熟、未曾舍，水土一方怎忘。

偶往。古三河镇，
徽风建筑，水绕桥连，
小巷深深，条石无恙。
热闹、络绎游人相靠，小雨忽来天上。
塔楼高高，老城墙下，叫卖声回响。
烟灰去，太平军，盛世美图天降。

帝台春　往庐州

芳草败色，江淮更阡陌。
冷雨满天，裹雾霾多，秋风无力。
早别金陵急急往，大江越、过巢湖只。
到庐州，自驾三时，新来做客。

思念释，朋友织；酒小食，未能滴。
昨日故乡人，又重成，一纸令、任担身必。
从此天涯四方处，团聚合圆最难得。
国家小家间，孝忠无全及。

滴滴金　家乡

泗洪城夜胜天阙，华灯放、没残月。
羊年新春岁相同，舞歌升平彻。
风气一开辞旧别，合家乐、俭勤节。
复兴中国梦蓝图，万民欢腾悦。

钿带长中腔　清明游

白昼长，又春光，正清明、雨下忙。
片刻离城，景色异常。
杨林抹绿，遍地油菜黄，柳叶嫩枝飞扬。
麦更随风势长，无尽清香。
小楼建、老百姓房。
农村富裕，好生活正当，一派幸福安康。

点绛唇　知天命

天命即来，人生不料曾虚度。
往昔回顾，凡是皆成故。

岁月无情，势必从头悟。
不改路，做人守住，无愧朱门户。

殿前欢　降温

冶城东，八方四面顿来风，
重低温度，行人冻。
隐太阳红，阴阴冷冷中。
梅花动，吹落空如梦。
将来雨雪，相伴初翁。

定风波　家宴

周末苏州返抵宁，小孩三舅又逢迎。
做饭厨房忙大舅，开酒，双沟珍宝二斤瓶。

豆腐江鱼青菜烫，斟满，你来我往令来行。
孝敬双亲文上报，真好，融融其乐一家兴。

定西番　思乡

转眼五年离别，思父母，
梦亲人，远乡村。
冬去夏归不绝，喜听南雁真，
朋友一来心切，更精神。

蝶恋花　腊八节

又到腊八节气日，热闹鸡鸣，浓味粥香寺。
生众重来如往势，平安祥愿年年赐。
素裹风来寒未止，雾去霾来，不晓何人始。
世上雪白从古事，因何莹外心黑自。

蝶恋花　偶聚

车路华灯初舞弄，冬夜微寒，风冷衣单冻。
好友小分邀聚众，民都荟馆心情共。
躲进小楼成一统，郁达夫诗，建邺城图重。
助兴酒酣犹可控，依依不舍来相送。

东风第一枝　民族复兴

老虎苍蝇，难知多少，层层上下无数。
敛财受贿捞钱，人民江山蚕蛀。
丢了理想，丧信念、变修贪腐。
小集团、圈子私营，党纪法规不顾。
共产党、中流砥柱。反腐败、大加力度。
正风肃纪长抓，举国衷心拥护。
推行改革，新常态、小康之路。
让世界、翘首中华，民族复兴高树。

东坡引　金陵秋雨

叶枯追冷雨，黄金落铺地。
金陵一片萧萧气，十朝都会丽。

深深大树，民国种下。前者逝、来人喜。
冬来慢慢秋难去，春将来这里。

洞天春　乡春

农村撒满春色，树绿排排个个。
小麦青青叶摇瑟，埂田连沟壑。

风吹野草绕舍，遍地花油菜热。
万物葱茏，看乡间美，萧条全撤。

洞仙歌　游井冈山

无忧心淡，南山边庭院。
宾主情浓酒斟满。
举杯时，全饮而尽无余，
兴正起，四特不留几点。

五指峰天立，笔架山横，
只见黄洋客流暖。
密林间茨坪，涌动人潮，
天街闹，成群飞燕。
正当年、星星火之烧，
主席点、红军起程湖畔。

渡江云　宿迁

运河千里远，黄河故道，伴骆马湖涛。
行宫乾隆驻，借皂河途，南下六巡遥。
三台幽避，树茂密、顿失喧嚣。
气势弘、项王故里，显盖世英豪。

今朝，四周高速，铁路通连，九龙波卧好。
楼错落、清新格调，独领风骚。
林荫簇拥名城起，静中闹、分外妖娆。
灯火亮，流光溢彩欢宵。

端正好　兄妹

又到新春鞭儿炸，姑娘到、娘老牵挂。
一家欢聚乐融洽，见面时、千言话。
表兄哥哥神形划，含羞妹、无猜无假。
学习进步比高下，路很长、雄心大。

多丽　太湖

太湖连，沪苏浙皖长江。
地祥灵、工商富贾，丰裕鱼米之乡。
未曾经、突来蓝藻，供水断、群众心慌。
应对周全，动员上下，危机来震动中央。
总理到，督查无锡，亲问计良方。
牵主席，深情寄语，波碧重扬。

一时间，国家方案、治理之策周详。
省实施、厉行铁腕，大任扛、勇于担当。
饮水安全、民生要务、工农生活三源防。
更依法，快调结构，方式转超常。
经七岁，水质改善，又现风光。

多丽　同仁

晃朱裙，一香飞入晴帘。

体肤白、廓轮脸面，双眼明亮光鲜。

体形高，轻盈窈窕，桌沿弄轻坐人前。

话语轻绵，齿无喜笑，指夹杯酒往寒暄。

四目对，似曾相识，只是浅微沾。

来回几，笑声随步，恐怕无缘。

大青山、高高闸下，一阵身影肩前。

孔望坡、绿茵如毯，仙人湖、波水相含。

拥抱陵台，田林野会，暖温飞雪夜无寒。

上孤岛、赏听海浪，恰似享神仙。

时光去，人还事故，梦里相牵。

斗百花　春天雨

四月江南多变，灿烂骄阳如火。
大雨袭来无数，气温旋降衣裹。
花儿坠落，残叶遍地铺开，
水长山青鲜裸。

冷暖相交妥。
恰似人生，风光平凡都过。
荣辱不惊，塞翁失马焉祸。
胸淡无奇，心随自己长宜，
应对从容终果。

导引　过昭关

艳阳高照，春又沐江南。翠绿抹群山。
皖江如练波涛起，百舸点其间。
绵延大地麦苗鲜，农舍亮眼前。
徐风吹过无声暖，天地享安闲。

两峰对峙，狭路径横穿。雄立险昭关。
吴头楚尾分边界，逃伍子胥难。
乌头黑发白完全，蒙混过悠然。
人来成就平身力，家国美名传。

夺锦标　贺中国女排奥运夺冠

王者归来，女排中国，几度英雄成败。
不变是顽强劲，拼搏之心，精神常在。
振兴中华梦，五连冠，谁人能盖。
历光阴，薪火相传，铸就辉煌新代。

喜讯来千里外。首战丢分，三连负更无奈。
出线惊悬末载，绝地求生，放光奇彩。
拉巴西下马，胜荷兰，除强凶塞。
五星旗，冉冉飘扬，华夏人民豪迈。

夺锦标　盐城行

神妙盐城，滩涂辽阔，百海长堤遥路。
芦苇披黄摇曳，如雪花须，向朝天怒。
大高丹顶鹤，竞翱翔，远苍空处。
面前迎，水起风声，料峭冰寒难顾。

环境科研保护，共建平台，成果家珍如数。
放眼将来新步，国内争先，留名千古。
更来同学见，面交谈，知心相吐。
宴欢欣，祝愿干杯，不舍依依归住。

二色宫桃　淮上行

四月淮河分外靓，对岸近、相同模样。
杨树两行坝上荒，低垂柳、叶飞条荡。
田畴万顷无穷丈，麦青青、起伏如浪。
满目染油菜泛黄，花开处、有农家望。

二郎神　自嘲

淮河岸，左向北、天岗湖畔。

此起彼伏高低岭壑，树稀落，夏干冬烂。

天降我身学校院，父母喜，朱门举盼。

又东去、洪泽湖阔，快乐无忧童幻。

时转，趋湖骆马，地级市建。

更努力、夫妻齐向上，南转北、苦辛千万。

未料江南来了愿，太湖美、还清水变。

始来胜天堂，展碧波舒，明珠重现。

法驾导引　太湖治理

新年到，新年到，治理太湖忙。

再上新台阶任重，新一轮治太途长。

无尚的荣光。

泛兰舟　致父亲

七六年华开始，老夫妻依靠。
看书阅报天天，身体养真好。
荤素相搭，粗粮水果，
餐餐丰盛，香口容颜难老。

眼花了。时耳朵聋，听儿孙讲话多少？
偶感觉脑昏沉，腔梗萎缩到。
生老平常，富贵在天，
夕阳无限，乐观豁心关要。

翻香令　赏南京

钟山峰顶看金陵，满城大厦立亭亭。
城墙矗，梧桐郁。练大江，曲转向东行。
六朝都市焕然惊，岁年轮替哪知情。
更风采，秦淮梦。胜东南，一派瑞祥宁。

翻香令　花残

清风一阵百花残，香遍地雪般寒。
轻摇树，还留住。不晓时，也要舍枝干。
丽花难久在人间，好人生命百十年。
事难料，光阴箭。把良辰，风景最光鲜。

泛青苔　湿地

岭岭山山，点点缀其中，座座相连。
山连水，水连草，溪流闹、九曲回还。
葱茏一片凭辽阔，放眼开、极目无拦。
鸟天堂驻，应去恙，扬扬伏伏飞欢。

天天地地之间。赏星移斗转，日月相安。
空碧透，暖风骤，白云更、舞弄空前。
浓浓绿色无声外，有小城、沐浴悠闲。
年年岁岁，留子子孙孙，永伴天然。

蓄女怨　山村

立春寒气依旧在，地半青麦。
树葱茏，山隐外，田园风采。
偶离喧闹入孤村，沐心魂。

芳草　又往横山

树深深，竹青浓翠，茶田伏起绵延。
雾蒙蒙缈缈，鸟鸣声阵阵，水潺潺。
时白墙黛瓦，袅饮烟、隐隐其间。
八百里、连三县地，锦绣方圆。

横山。婴齐为大将，东遥指、楚界吴关。
历千年岁月，看风云变幻，绝色江南。
真难得净土，慕名来、幽径弯弯。
朗朗日、风光一派，已忘回还。

芳草渡　咏春

梧桐落，越冬秋。微风冷，雨难收。
抽丝杨柳报春由。人暂别，情意在，暖心头。
江淮远，时走慢。又赏春光极限。
山长在，水长流，重相见，将酒干，乐悠悠。

粉蝶儿　南京

无限风光，江南艳阳高照。
看金陵、破春时早。
上龙蟠，登虎踞，临长江浩。
梦秦淮，如玉带行云绕。

望玄武湖，清清水波重道。
看南京、古城新貌。
紫峰高，南站伟，河西跃跳。
梦中国，风景这边独好。

凤孤飞　初春金陵

丽日洞开天白，万物分明了。
阵阵微风缈缈，小鸟叫、花儿笑。
裸树枝摇黄叶少，萧条去、绿浓笼罩。
空厦高楼相互靠，一城喧嚣闹。

凤凰台上忆吹箫　登茅山

雄立江南，句容高地，形龙盘卧茅山。
登顶望、阳光普照，天地之间。
阡陌田畴横纵，路经纬、一展无绵。
小村落，城市景色，尽在身边。

湖泊星罗棋布，明珠嵌，微波清澈银颜。
蚁人影、炊烟袅袅，车贯相连。
巍壮红墙道院，兴世上、身历千年。
太平岁，生灵百姓长安。

凤凰台上忆吹箫　叶

风冷萧萧，叶飘多少，树枝裸瘦孤高。
春色好、葱葱郁郁，不再全消。
春夏秋冬更替，来岁岁、夕送迎朝。
严寒过，枯木又芽，华盖重摇。

人生何如木草？容易老，青春逝去难邀。
日复日、光阴似箭，无法脱逃。
世界非常美好，要珍惜、争领风骚。
当回首，自身不愧心豪。

凤来朝　家乡

绚烂华灯放，好家乡、泗洪向上。
看方圆湿地、无边望，草茂密、苇芦荡。
美酒如河流漾，地田肥、产粮食广。
阔别久、长难忘，偶尔是、梦中想。

凤楼春　自嘲

在世百十年，一过一天。

好人间，叹依稀记忆难全。

曾往事，在从前。

多少路风风雨雨，苦辣又酸甜。

历心田，常醒无眠。

不惊荣辱，不沉悲喜，愿为君子齐贤。

贫富坦然，名利得去更无牵。

至今回首，欢笑开颜。

凤衔杯　长城

长城万里谁知道，惊日月、地球符号。

耸立居庸、山海关东哨，峰火灭、风吹草。

跨重山，守通要，穿峻岭、远人烟少。

惜孟姜悲哭倒、今朝好，任太阳高照。

风光好　玄武湖

柳青青，水清清。
玄武湖风不自宁，碧波兴。

枝条千万齐飞舞，疑无路。
高大城墙哪唱惊，脚歇停。

风流子　抢红包

群里红包争抢，个个手神异样。
潜水底，不声张，眼快指长摁上。
得赏，无赏，取乐开心正当。

风入松　太湖净园

风声林响叶枯黄，荷萎池塘。
小楼座在深幽处，见人、留有茶香。
杨柳枝摇随意，竹高直向尖芒。

暮天遥看坠夕阳，五彩灯光。
当空高挂弯弯月，虽孤独、依旧安祥。
多少事来人往，哪得这里一方。

飞龙宴　金仓湖

寒风凛冽吹，平澜起皱，金仓湖水。

浪涌出白，似鱼儿聚成队。

万数竹拥蔚蔚，大小树、透青披翠。

草摇摆曳，如茵铺地，立感觉春味。

真醉，云淡天阳媚。坠流随波处，耀银光碎。

小岛孤悬，鸟飞落驻闲会。

邻近高楼正对，路周围、闹声频累。

偶临境内，喧嚣乱象全消退。

拂霓裳　乐先来

乐先来，正相约蚌埠开怀。
风日好，赏淮河百舸成排。
同乡和老友，同学两小猜。
友情乖，过午时、吃饭始方才。

知名教授，上市企，总职裁。
军大校，各行多业抢头拍。
人生天命到，风彩更难埋。
气神还，老抒发、贫富自然该。

芙蓉月　阿芳

秋到句容市，高处看、上顶茅山无限。

湖平水亮，黛瓦白墙庭院。

林密相连层树，百万绿衣一片。

熟稻谷，果实香，五彩景观鲜艳。

星级曙光店。请来朋友会，高兴相见。

阿芳小妹，初次平身谋面。

美丽容颜仙质，抢人眼。

多经验。博士子，善营商、乃巾帼冠。

感恩多　雨水

艳阳逢雨水。周末金鹰对。

两人闲逛随。忘时陪。

午饭寻来鹿家店，酒干杯。

酒干杯。大小拎包，满心如意归。

高山流水　梅雨

雨如注下水高抬，起波澜、扬子江开。

山阻挡洪流，惊涛拍岸成排，

朝东向、一泻从来。

哗哗落，汹涌沟河遍地，积患成灾。

似汪洋大海，旦夕祸难猜。

谁该？房间受浸泡，车顶没、是何心怀。

愁道路难通，绿色土地都埋，

草花凋、大树斜栽。

盼晴日，云散阳光灿烂，普照江淮。

历经磨难，更珍贵、太平才。

高平探芳新　到盱眙

到盱眙，我帝明祖陵，敬而前去。
老子山泉，消退疲劳身浴。
淮河阔，湖口入，涌清波、峰水倚。
品龙虾、龙虾品，往返流连回忆。

新老同学会聚。掼蛋趣相宜，欢声笑语。
把酒明杯，无尽真情谈叙。
酣醇香，乾醉醒，望西窗、人自喜。
暮秋深，迟回处、困全无意。

干荷叶　兰草

生兰草，味清香。
剑叶垂柔韧。
出茎长，蕤梢芒。
惊奇一夜白花扬，几朵轻开放。

感皇恩　中国出了个毛泽东

毛主席光辉，千秋万代，照耀中华放光彩。
开天辟地，中国东方雄起。为人民服务，民崇拜。
建设国家，无私大爱，历史功勋永存载。
导师领袖，统帅头衔无奈。超人类思想，全世界。

甘草子　春天

年过。已来春意，杨柳抽青色。
小鸟枝头落。怜爱白花弱。
一片碧天净如彻。偶几朵、浮云弄错。
流水光阴再难获。莫负人生乐。

甘露歌　赞泗洪

世上号桃源几否？人间应未有。
然泗洪长水永流，名冠泗虹州。

浩荡千舰游汴水，来回未到悔。
不晓洪泽湖为何，明祖壮巍峨。

相连庙宇商贾累，享尽繁华味。
千里越长淮浪涛，真美看今朝。

甘州曲　雾霾消

雾霾消，天碧净，日头骄。
一江春水涌波涛，翠绿抱山娆。
百姓命，生态比钱高。

甘州遍　两会有感

春光好，闻两会京开，喜心怀。
民生的患，民心的痛，祈环境大计出台。
依法治，硬规来，施行铁腕真治，
污染重严裁。碧天净、夜晚满星摘，
水清还，江湖库海，动物跃成排。

高阳台　观日出

暮色开来，高峰凸现，东方欲晓涂颜。
袅袅炊烟，万籁俱静安闲。
红阳一艳徐徐起，目炫芒、家户还眠。
早酬勤，莫误良辰，错过新天。
日来无数寻常事，昼夜复始住，永世绵延。
苦短人生，百年弹指之间。
时光流水无情过，少彷徨、风采华年。
弄青春，朝夕时争，成就无前。

更漏子　家

地天寒，风雪舞，蜂蜜柠檬妻补。
高汤美，肉包香，犬儿迟起尝。
出门早，相见少，晚上团圆烹炒。
炕头热，恋情融，良宵觉意浓。

隔帘听　小雨

小雨夜来几许，梦里无知道，
门窗湿透无声悄。
一睡醒天明，抢时赶早。
水影照，地平潮、路行人少。

无烦恼，朋来相闹，
酒盏频频倒，时光尽兴心情到。
昨夜回家后，伴妻欢笑，
更思觉，无言了、美宵多好。

隔浦莲近拍　汴水

悠悠千里汴水，多少王朝泪，
浩荡船帆竞。
惊天地，无穷岁。
从此南到北，黄河汇，浪涌长江内。

树荫最，葱葱郁郁。
杉林拔挺行队，无边一望。
不忘洪泽湖魅，更泗洪乡野趣味，
心醉，曾经如梦酣睡。

隔浦莲近拍　江苏泗洪顺山集文化

淮河流域稻米，世界之奇迹，
上万年悠久。
炎黄种，文明系。
交鲁苏皖豫，梅花起，属泗洪田地。

顺山遗，文明再现。
森林丰水泽域，非常气候。
鹿麂狗猪齐聚，圜底釜天下第一，
堪语，江苏文化根誉。

鬲溪梅令　四河

四河一入透心凉，树茫茫。
雨下来时不见、土沙壤，满田蔬菜香。
看淮河上下流芳，水汤汤。
独往轮船西去、泊岗忙，蒜头能出洋。

缑山月　朝天宫

建邺路南边，升州路北沿，天安幽静小区缘。
鼎新东面过，接糯米，依安品，月牙连。
朝天宫座弘西北，仓巷运渎衔，秦淮河礼拜绵延。
盛繁华重再，龙脉地，朱洪武，密归天。

孤馆深沉　黄河

昆仑万丈育黄河，华夏一支歌。
古老五千年，坎坷不平，民众兴和。
广土地、几多沟壑，九曲绕肠折。
色难改，奔流出海，看中国梦传播。

孤鸾　汉中门

南京城里，兀竖汉中门。

无声孤立，裸体幽黑。

暴露破垣残壁，唯完整门洞在。

显威严、透出王气。

两道当关守望，过往人些许。

岁月流、物是人非去，看斗转星移。

惊变化巨，座座高楼长。

满灯红酒绿，繁华闹忙市井。

攘来人、更车流续。

花香鸟鸣树翠，引秦淮河喜。

古调笑　夫妻

妻子，妻子，陪你一生一世。
花前月下心融，风雨合舟志同。
同志，同志，共白头偕老止。

古香慢　走故乡

玉皇百里，苏皖之间，山影幽远。
树木依稀，矗立电风叶转。
流彩练淮河，绕回舞、田畴两岸。
偶来村落古旧寨，犬鸡乐跑相伴。

玉米棒，堆高千万。
秋稻金黄，装满粮担。
百姓安闲，一派景光惊看。
阵鸟戏长风，太阳照、云高聚散。
泗洲城，故乡地、物华鲜艳。

滚绣球　长江

千里走长江，形浩荡、滔滔东海。
别珠峰去，穿山翻岭，涌流不息，
汇收万水，浪涛惊骇。

上下五千年外，多少事、屡曾承载。
泽披华夏，养恩民族，
朝朝代代，今经济带，国强将再。

桂殿秋　躲

楼躲进，一统身，
皆休万事养心真。
休烦户外纷繁乱，
世界如何独两人？

桂殿秋　苏州园林

窗外好，四季新。

苏州醉美巧园林。

楼台路径廊阁处，

入画袭来让客吟。

桂枝香　国家宪法日

国家宪法，治国总章程，根本刀把。

党与人民意志，最高之厦。

中国特色坚持住，适国情、时代新划。

治国依宪，党的领导，人民天下。

宪法日、思维不寡，切实护权威，法治心挂。

法律精神，强作用发挥大。

小康社会成功建，必须依法决心下。

治国依法，政行依法，改革深化。

归朝欢　五月游记

横纵北南河满水。杨树遮天飞碧翠。
弯弯小道径通幽，花开油草清香味。
茂密林成队。线粗光日波中碎。
鸟跟随、往来难断，阵阵鸣声脆。

五月春来风景媚。氧气汤汤人聚会。
全家老小伴同来，良辰胜境徜徉美。
看巢湖已醉。事情多少都无悔。
牵手长、放松心绪，一辈夫妻配。

归国谣　望石湖

云彩下，矗立高低多广厦，
洋楼别墅藏风雅。
碧水涟漪环绕恰，
湖平大，山林绿树天然画。

归去来　长荡湖

长荡湖边初到，飞鸟天空叫。
鹅鸭池塘齐欢闹。函山立、夕阳好。
船上餐筵早。持杯敬、尽情谈笑。
相知始觉千盅少。尝秋蟹、酒真饱。

归田乐　江南好

阳朗朗，最美江南时候到。
风和煦，气温暖，群鸟叫。
绿来无止境，万花笑。

水澈净、山葱郁，城间乡村绕。
又春早、年年新岁，
此风光独好。

归字谣　归

归。昼夜兼程家里回。
车飞快，思念总相随。

归自谣　街景

日朗朗，
窗外高楼如树长，
几株草木秋风赏。

钟山不见秦淮傍，
天之上，不时鸟过悠闲访。

郭郎儿近拍　故里

故里，千年汴水攸攸，
洪泽湖西全入倚。
新霁，美好天气。
无边田墅方圆，万籁安详重度岁。

长未，得返家乡，辗转难睡身起。
老友重逢，心娱格外，畅谈聊旧废。
那些儿、事系情怀，
时梦常回来籍地。

关河令　朝天宫外

春色丽华和暖煦，昨日沙沙雨。
忽然雾开，天蓝云闹趣。
朝天宫外鸟语，树木挺高风凉聚。
到处晨练，喧嚣全忘去。

过秦楼　泗洪城

洪泽湖边，淮河左岸，沃野良田无限。
鱼虾蟹美，日斗金来，五谷味闻香遍。
如幻湿地深深，美酒双沟，客来如旋。
叹千年汴水，运河迁变，泗州幽远。

今胜昔、风景如鲜，贯通高速，铁路接连长线。
城区巨变，游古徐街，商贾集云充眼。
街道繁华，小区花苑休闲，高楼连现。
更迷人夜色，明耀霓虹如练。

憾庭秋　新年金陵

外边依旧寒峭，路上人车少。
上班先到，新年末了，赶时间早。
风来雨雪，知时节顾，正丰年照。
喜金陵清丽，江南锦绣，景宜长好。

海棠春　巢湖

巢湖之畔群山翠，碧蓝水、把人惊醉。
一望几渔舟，直挂天边最。
忽来广厦高楼汇，水倒影、夕阳入坠。
恰世外桃源，忘返流连对。

汉宫春　敦煌

青海为池，党河流若带，东三危山。
祁连雪归城地，沙漠呈环。
边关锁钥，陕咽喉，玉后阳关。
制塞北，控伊西路，敦煌直上天边。

崖断乐傅凿洞，莫高留壁画，举世扬传。
绿洲戈壁共处，沙水同眠。
长河落日，孤烟直，叹月牙泉。
铃阵阵，骆驼长影，时光已越千年。

好女儿　生日

生日又春华。美丽属于她。
一万天光阴短，从此我心家。

蜜月胜鲜花。未有期、长久无涯。
无分时季，芳香四溢，岁岁为花。

好女儿　品茶

暖室静悄悄。桌椅伴人高。
美女纤纤眉笑，把火水轻烧。

灵巧弄壶瞧。玉指绕、茶叶圆浇。
味香弥漫，浓浓色好，意醉心陶。

好事近　合肥

走近美巢湖，水草直连天幕。
湖岸绕行天路，引游人无数。

公园林场美食街，渡江指挥部。
古镇长临河处，大湖名城筑。

好时光　鸟巢

正月春风寒冷，抬眼望、鸟窝巢。
孤现半空迎肃肃，枯枝老树高。

四面风阵阵，叶败色、长浮摇。
大地苏醒喜看出天骄。

鹤冲天　周末

双休日至，心静舒周末。
又照大天亮，还卧床。
早餐十来点，溜菜场、摊摊过，
时令鱼虾索。
灶房烹饪，两素两荤汤佐。

稍微午睡精神铄，
阳台温暖处，沙发落。
不觉时间逝，书看入、求结果。
晚饭当酒可，自斟孤饮，
爽情意满悠乐。

河传　泗洪湿地

湿地，草起，鸟飞天宇，碧水依依。
秋高气爽，花怒盛放莲荷，正婀娜。

一船笑语相欢聚，芦材荡，四望深无际。
晴空万里，风静云霭徐徐，太阳西。

河渎神　游冶山

一阵雨来丝，又迎来清明时。
冶山无限鸟飞迟，竹翠花开有期。

茉莉歌声传不歇，夕阳西坠如血。
哪里美人艳绝，相逢何处分别。

胡捣练　好心情

一生常有好心情，海北天南朋友。
山水之间行走，赏地长天久。
灵魂交会化诗篇，更要一壶浊酒。
日月共同难朽，年岁时足够。

贺朝圣　冬日

空中一片灰蒙暗，无阳光灿。
雨来将雪，过江南岸，冷风吹散。
凋零落叶，随时早晚，绿林成冠。
地寒天冻，厚衣臃肿，人车行缓。

恨春迟 又到横山

四径山头风景叹，三县境、无限江南。
梦幻属金陵，世外桃源胜，野花坳惊观。
一片蟠龙湖明水，分外艳、日挂西边。
树木竹林汇海，时隐农家，相闻鸡犬炊烟。

合欢带 致母亲

西南岗、大小红山。孔家巷、后窑滩。
美丽端庄浑似玉，竟贫寒、姐妹相搀。
勤学苦练，读师范校，更不一般。
嫁成功、两副行囊并一，天井湖欢。

银装皑雪，荒地无垠，生儿得女名先。
教子相夫无所欲，体潺虚、内敛非凡。
风云不测，惊来病恙，险渡难关。
老夫妻、万事平安，母亲颐养天年。

荷花媚　五一节

春天一来到，难停住、大地重披新俏。
枯枝连老树，层层绿厚，日头何处照。

水亮透、鱼蟹成群去，雪般成朵朵，槐花香绕。
高阳暖、飘丝雨，轻松长假，老少合家笑。

喝火令　致爱人

转眼知天命，时光似水流，
许多初事上心头。
犹记爱妻羞见，从此互心留。

岁岁相濡沫，情长患难修，
喜悲哀乐永同舟。
一世相牵，一世恋春秋，
一世白头偕老，毕尽再无求。

何满子　情人节

又是一年春到，情人节日阳光。
恰巧双休周末，在家陪伴婆娘。
弄绿摆花欣赏，红颜没有何妨？

纥那曲　元宵节后

一路别爹娘，爱人南北忙。
老山分手处，思念暖心房。

纥那曲　大树

一树怒苍天，茂枝根相连。
历经寒霜苦，清白照人间。

纥那曲　火烧云

天欲晓东方，暗明无际荒。
火烧云灿烂，人世瑞吉祥。

贺新郎　茅山镇

又到茅山处，树丛丛、层林尽染，华枝无数。
山脚安澜无喧闹，小镇风光几度。
碧水库、星罗棋布。
黛瓦粉墙别墅起，绕四周、不晓谁家户。
多广厦，村民住。

苏中抗日碑身肃，放鞭炮、军号嘹亮，恰如似酷。
翻地惊天追英烈，方有当家作主。
客潮涌、旅游致富。
特色老鹅锅盖面，满街排、难禁闻香入。
百姓乐，小康路。

荷叶杯　日出

旭日起东方亮，芒放，地迎新。
一城楼影入天立，无际，炫当今。

荷叶铺水面　银台第

秦淮艳丽，纤回运渎来，
禅灵古寺大门开。
冶山瑞气沐，两岸巷头赤土埋。

银台第柳裁，高墙豆腐苑，
过往桨橹成排。
热闹锦华猜，莫过斗门桥，心喜怀。

红窗迥　创客

形势新，当创客，政府报告提，
最新举措，民众兴高同和，大量增长乐。

体验探究联兴趣，自我实现好，
知行一者，人际往交心彻，社会参与过。

红窗听　独上高楼

独上高楼风景看，一面水、一边山半。
竹林生翠绵延远，鸟飞多同伴。
夕照无声平静罕，谁知道、江南此处，
风清气漫，择居而住。有生无遗憾。

后庭花　斗门苑

朝天宫冶山高览，运渎南缓。
红土桥沐余气染，瑞祥随岸。

银台第斗门一苑，大宅深院。
桨声飞柳衔泥燕，俊女衣浣。

后庭花破子　罗马

斗兽场残垣，古城生命延，
罗马都市影，雄浑山海间。
越千年，今生前世，尽收人眼前。

后庭宴　陡门桥

吴帝命开，运渎朝北，引秦淮古禅灵水。
陡门桥起草桥西，直达宫苑仓城内。

观音树立桥阁，轩后又三楹蔚。
俯临其上，舟过其下身退。
桨橹响声来，一时船竞会。

后庭宴　江郎才尽

甘雨巷南，陡门桥览，古灵禅寺巍峨见。
运渎直下入秦淮，秋波舟子无阑岸。

江淹梦笔而失，别恨赋成遗憾。
聚峰园郁，茶幸春香浅。
介甫此君亭，又成华藏院。

蝴蝶儿　八仙女

新岁春，又重温。
雨来将雪未留痕，满堂美女们。
容貌如花朵，风姿绰绰纯。
巾帼合力扭乾坤，太湖清喜人。

花犯　宴席

又相邀，同仁兄长，出差外乡未。
信息回馈，尽量返程归，期盼齐会。
名山胜景难留住，途中灯火璀。
酒正兴、重逢欢快，杯杯心体味。

陪刘总兄弟一帮，心情更敬重，开怀无醉。
中退场，人人讲，两头得罪。
交朋友、看其举动，言行异、将功亏一篑。
有道理，清旁观者，当局人后悔。

花非花　个园

扬州城，个园里，摆曳竹，奇石举。
亭台楼苑大宅园，胜似天工人逝去。

花前饮　自省

世间多少爱和恨。

百年后、终成泥粪。

少小当惜时，不努力、光阴瞬。

立业成家大任奋。

莫停步、成功为本。

白发生满头，老益壮、顺欲问。

花心动　春光回乡

林自成行，田野方，春水柔波长练。
花草芬芳，新麦清香，飞鸟往来相恋。
时方正是徐风暖，丽日照，太阳光眩。
祥云透，蓝天上下，万般多变。

美丽家乡目眩。远近隐村庄，小楼庭院。
沃土家园，热闹县城，广厦万间惊现。
纵横道路气恢宏，繁华景，多风情倩。
夜幕月，火树银花连片。

花上月令　仇和

仇和风雨二十年，是非否，在民间。
热情如火从来是，勇朝前。
不畏险，总当先。

孤影只身行动响，人快步，夜无眠。
历程苦难前途坎，梦难圆。
空怀志，向长天。

画堂春　汴河

一袭花海艳黄黄，汴河如醉流芳。
柳条摇舞报春阳，痴鸟归乡。

两岸沁香阵阵，相拥农舍安详。
往来多少客匆忙，岁岁观光。

华胥引　淮上行

新年冬至，淮上平原，万林空叶。
刺刺枝头，层层道道天幕铁。
西落去正夕阳，更染浓浓血。
飞鸟如云，满空密布无怯。

田地茫茫，绿小麦、水塘形月。
农家房舍，偶然排排列列。
长练大河上下，似镜平无泻。
四季轮回，从来白昼黑夜。

寰海清　塔

冷月孤明，夜深空静，何处安宁？

难见上苍背影，须待晨惊。

良宵正时候，

无烦恼、闲下好，踱步前行。

雄身立塔灯莹，炫眼目、廓轮分外真清。

天地之间，美影比此多情。

一方胜境梦虚幻，不知多少路相迎。

感神怡气旷，止时间、惹人停。

浣溪沙　晚餐

毛豆青青羊肉鲜，海蛰头脆蟹黄颜。

马铃薯辣对虾弯。

犬子看书勤努力，老夫拿手下厨间。

父儿同享晚餐甜。

换巢鸾凤　为张利民先生履新

僻壤穷乡，客家山里远，有好儿郎。
布衣勤刻苦，立志在肩扛，南京大学梦圆强。
赣南闪光，名声四方，
留洋外，满纶腹，海归希望。

新岗，担院长，拼力创新，激起千层浪。
蓝藻危机，太湖防控，治理功德无量。
多艺多才弟兄间，七年相处心欢畅。
天空长，任高飞，永立潮上。

黄钟乐　故乡行

春风重绿树林身，乡里平川田野，青麦远绵深。
闻朵朵槐花沁肺，听些鸡犬叫庄村。

儿少农家长趣真，方位依稀犹在，人事物非陈。
弹指年华人易老，一方泥土万年轮。

黄鹤洞仙　金云庄

林上鸟儿鸣，庭院无人吵。
绿色山中五彩颜，来客少，一片安澜好。

亮塔独孤明，冷月当空照。
入夜农庄半隐身，此境少，良宵好。

黄莺儿　太湖美

太湖清水形无有。
芦苇风车，垂柳浮莲，
亭榭长廊，影衔身首。
楼隐远处山前，郁郁层林后。
不知多少游人，四季江南风景消受。

时候，五月太阳和，碧玉蓝天透。
泛舟轻轻，鸟鸭飞时，波腾浪起流皱。
霞晚暖暖余辉，婉美歌声走。
意境如此安澜，唯一姑苏秀。

回波乐　约会

相约假时快来，身影一日投怀。
天有不期风雨，双双网络发呆。

回心院 回乡过年

过年路，辗转飞行度。
昏阳下雾霾厚浓，北上长江越湖处。
过年路，已前顾。

还京乐 瞻仰新四军纪念馆

八区省，奋起雄兵一起齐抗战。
皖南惊变，被囚叶挺，牺牲成难。
紧急关头看，盐城大众人民管。
更努力，军部建重新朝前干。

任征途远，克除艰难险，
真新四军，坚持到底无怨。
成功十年辉煌，砥中流，烈士千万。
保家园，民族振精神，忠诚可见。
将星同光耀，迎来主席夸赞。

木兰花慢　又小雪

又时逢小雪，雾蒙罩，雨纷纷。
起阵阵寒风，叶飘而下，吹降天温。
晚将，雪来共赏，地寒天冻锦秀无痕。
萧肃江南无奈，当来一片冰陈。

上班路上堵车人，等多少时辰。
里外厚衣裳，起头到脚，裹住全身。
相来往行急急，马龙车水鼎沸频频。
四季循环更替，冬来不远新春。

倦寻芳慢　立夏

响雷半夜，捱近天明，大雨如注。
拍打门窗，噼叭不停住处。
梦中惊，酣然醒，转头身体循环顾。
一人孤，卧床清冷漠，相思无数。

放天亮，方知立夏，旭日东升，芳绿新吐。
小鸟齐鸣，翠欲滴层层树。
步行来，班上往，赏心宜目繁华路。
阵风来，爽心情，忘分离苦。

集贤宾　端午节

过期端午良辰后，平响惊雷。

七点夕阳始落，大雨霏霏。

夜幕金陵笼罩，千家万户灯辉。

空房静静无声息，重寂寂，四壁周围。

手机从难离手，唯电视相陪。

忆儿深圳天空飞。北面老娘随。

半年机场喜聚，车驾家归。

来故乡高堂见，祖孙四代团围。

短时光，不舍依依、叮咛再，任务新催。

各自成一方事，心效国真为。

极相思　送李贺

偶来东大青年，风度正翩翩。
同仁李贺，身为教授，才过人前。

服务专家成员好，跟主任、四个多年。
留洋深造，分离难免，对酒心牵。

极相思　相思

去霾消雾方晴。花绽绿枝茎。
阳台几净，蝴蝶渐老，春色清明。

早起匆匆离家去，生日好、却又分情。
相思犹在，书成短语，聊表虔诚。

佳人醉　加班

日落西山夜暮，初上华灯行路。
大厦高如柱，排排粗树，四下皆堵。
匆匆人群过往，面谋不相处。

忙人苦，办公无数。
谁懂苦辛，劳动成功终有，心气长长吐。
友相顾，良宵同度，把酒当歌醉煮。

家山好　登老山

大江东去老山前，如白练，远连天。
钟山矗立江南胜，古城全，望涛阅，景方圆。

更惊身下森林翠，缈缈欲成仙。
安得小舍，归乡野沐浴温泉，长安享晚年。

江南春　宜兴

东氿美，水蓝涂。
高楼直立起，阳羡展惊图。
西边天目山绝秀，东面波光粼太湖。

江南春　家思

风阵阵，雨依依。
香房孤自己，思念早空飞。
深秋一到江南冷，更盼心中人快归。

江南柳　江南柳

江南柳，春又绿枝头。

绵雨飞丝条曳摇，多些灵透水珠留。

丫叶嫩黄柔。

河水亮，乱影倒形悠。

飞鸟频频轻此落，叫鸣声响戏无休。

闲境梦幽幽。

江城子　泗洪

汴河流入泗洪城，水波粼，晚阳呈。

一塔迎空，直立入天层。

云外飞来白鹭艳，诚有意，绕周腾。

上高惊讶看长风，历年峥，又重生。

广厦群楼，车水马龙声。

更待夜来封大地，人不见，万家灯。

江城梅花引　大钟亭

花园一号夜深幽。
酒没留，意没留，
一饮一杯，情不尽无休。
刘总师徒今又聚，
喜叙旧，未来长、筹小楼。

小楼，小楼，树满周。
时光流，灯火游。
醉了醉了，未敬好、席上皆都。
已过三巡，还想再重头。
难忘此宵融洽洽，将要散，
又难分、拜万悠。

江亭怨　江心洲

江里有洲一片，隔岸大山犹险。
水滚滚千年，只尺隔绝近远。
不尽地畴纬线，果累花香无限。
农舍绕炊烟，引住无穷飞燕。

江城子　老城南

金陵都会大明强。代传相，国兴亡。
朝天宫外，雄伟立高墙。
南北东西流运渎，真福地，日方长。

江月晃重山　凤阳

孤冢泥堆树盖，凤阳朱世皇陵。
看城墙断壁无形，残垣在，荒草路边青。

小庙求生度日，成全时世豪情。
江山一统大朝明，传奇事，永续未曾停。

减字木兰花　镇江

镇江大美，城市山林江运水。
京口三山，珠玉灵灵嵌岸滩。

境仙无数，天下客来心吃醋。
人在天涯，此地方圆好个家。

剑器近　周末

艳阳照，挤广厦、阳台依靠。

柳条椅中思觉，暖刚好。

醒来到，上电脑、消息惹笑。

书香一桌求教，悔学少。

身绕，干枯枝叶茂。

花盆竖立，满翠绿、一派春光早。

窗前林影厚重重，静悄悄去风，

路人身裹棉袄。

鸟齐鸣叫，戏闹声声，顿感时光暗跑。

少成往日今年老。

解红慢　冬至

夜来微雨，满地潮。

天空浓霾去，时冬至日，金陵一片幻迷虚。

徐风冽冽，还暖轻寒阳春顾。

望钟山退远，真容隐，难全露。

眼前亮，梦秦淮，烟香度。

水波皱、涟漪向谁诉。

清凉滴翠山寺古，石头城外静，多少人步。

归去来，举家团圆无。

江南岸，坦荡笑傲诗书。

城南老巷，升州里、保养身躯。

各自一方，未孝忠皆全今古。

新年到、聚合将来。

陪老住，困时眠，庆佳期，杯歌舞。

顺万事、欢声伴笑语。

光阴流逝些几许，共蹉跎岁月，心不单孤。

解红　巴塞罗那

海远望，老天蓝，碧波涌动沙起滩。
起舞群山木林翠，一方水土赏悠闲。

解语花　双休日

冬来乍冷，小雨悄然，雷声轰鸣怪。
闪光窗外，家中呆、欣赏天容自在。
写诗词快，倚床上、阳台独赖。
苦想思、妙句频来，记下急不待。

云开雾散日彩，巷街重热闹，繁华一派。
笔收先摆，出门口、路上风光尽采。
充实脑海，心中想、好灵感逮。
锻炼身、两者兼得，快乐吾心态。

解佩令　江西行

万山披绿，蓝天云坠，艳阳高、刚入秋岁。
自驾游欢，正路上、全家曾未。
去南昌、友朋相会。

丰肴私宴，频频敬酒，性情中、开怀无醉。
上滕王阁，井岗访，弥足珍贵。
短时光、乐不思退。

接贤宾　人生

人生莫论有多高，百年自云消。
伏伏伏起起起，似草华凋。

少年当自强攀上，光阴岁月抓牢。
不惑中年多自悟，成功不易离骄。
命知天，成耳顺，矩法度心逍。

接贤宾　回宿迁

驱车到骆马湖边，友朋尽开颜。
重游曾往故地，感慨流连。

漫黄沙满天飞舞，非常难忘从前。
现在无边无际绿，天翻地覆新篇。
宿迁将，奔向上，一梦小康圆。

金莲绕凤楼　陡门桥

柳叶街边禅灵寺，尼众丽、齐皇来侍。
绿垂夹水乌蓬次，大深宅、小花伸自。

桨声渡船更是，年少妇、搓衣水试。
燕飞来往停歇此，秦淮河、运渎风始。

金错刀　会同窗

古色屋，隐沉香，滔滔东去大长江。
蜿蜒似练繁华路，多少流连好景光。

楼阁里，会同窗，围桌掼蛋悠闲忙。
河豚土菜斟壶酒，叙旧推心话短长。

锦缠道　别西苑

八载时光，不觉竟平凡度，隐西苑、北京西路。
幽深林荫梧桐树，历雨经风、遍阅闻无数。
与人为善真，坦诚相处，去离今、竟将它赴。
不舍情、心里长回顾。人如流水、永不停留步。

金蕉叶　立夏

值逢立夏时节到，南京美、绿荫花俏。
大树成排，互相难见听欢笑，四处有枝叶茂。

穿流不止车人闹，贯东西、往北南早。
大江似练，钟山虎踞龙蟠照，怎莫叹江南好。

金盏子令　登栖霞山

春风报暖，友朋齐赏凤翔山。
嶙峋峭岸，大江辽阔水，当面雄关。

黄天荡战，金铁戈马，岁月千年。
看眼前、争流百舸，极限峰颠。

金凤钩　登四顶山

春天里，向何处，四顶岭、赏欣风雨。
一条弯道，抵巢湖岸，油菜放花不住。

烟波长远疑无路，往上陡、小心徐步。
怪松奇木，小村时露，情未舍还归去。

金盏子令　换了人间

惊心世界，看中华换了人间。
雄鸡一唱，东方红照遍，毛泽东天。
人民万岁，弘伟风范，共产宣言。
建共和、开天辟地，历史雄篇。

金缕曲　上东山

初夏苏州赴，上东山，频繁展转，车流无数。

高架层层相交叠，内外绕城飞舞。

互结伴，时间过午。

三十里程途慢慢，似龟行、不尽长长路。

无可奈，竟相堵。

当头烈日犹轻暑。过闹区、环山大道，一惊天处。

葱岭绵延斜坡缓，一望无边深树。

扑香鼻、枇杷遍布。

碧绿丛中金黄现，大如橘、更惹人停住。

鲜味美，夜同与。

锦园春　春雨

雨哗哗下，成流从地淌，水汪积大。
草木湿湿，色分明清雅。
春雷隐炸，阵风起、万花如画。
丽日难寻，阳光去影，清明节假。

锦堂春　望天门记

望天门楼，徽情一派，窗口落座中餐。
草花藏深景，尝品江鲜。
曲廊立亭通静处，小桥流水潺潺。
更绵绵细雨，风和依依，何等悠闲。

奇峰对峙岸边，断崖形陡峭，天降梁山。
大江长东去，千里无拦。
竟从此、携流北上，帆影过、百舸相连。
天地中、气象万千，惊叹美好人间。

锦堂春慢　呼伦贝尔草原

大地辽辽，萋萋草茂，何知多少方圆。
沃土绵延伏起，绿色连天。
四处马牛羊众，觅食饮水悠闲。
偶尔毡房现，招展旌旗，难见人烟。

九曲河流辗转，泛银光似练，梦幻之间。
更若游龙飞舞，去向无常。
候鸟成行列队，振翅双、奋力朝前。
盼望春天来到，万里行程，难忘回迁。

金字经　威尼斯

海水围城走，满城河道流，
弯转千回无尽头。
舟，万家出进由。
房前后，不知多少艘。

金蕉叶 三台山

谁持彩练当空舞，从天降、恰龙环顾。

似海花香，满山无尽绵延树，五色叶浓放怒。

高低起伏幽深路，八湖明、好景收住。

暖阳日丽，门庭若市人无数，即刻隐身迷处。

荆州亭　洪泽湖湿地

多少水来漫际，白絮苇花摇续。

鸟众不知名，结对成群聚戏。

万里净天若洗，朵朵游云飘逸。

真世外桃源，隐秀洪泽湖里。

酒泉子　初十

飘雪撒来，眨眼化无踪迹。
望窗前，天色郁，雨丝还。

初十新岁小年又，有人孤独候。
身许之，一日够，哪藏怀。

锯解令　回故地

丈人无意看陈圩，满发白、遥提旧岁。
风华正茂当乡长，合作化、建新社会。

土圩已废，老巷街空冷背。
城乡一体变沧桑。老岳父、倍加欣慰。

看花回　桃花

一簇桃花过院来，分外香开。
素颜白净无暇染，妩媚形、朵朵皆乖。
内墙芳露外，不忍胡摘。
惊艳凝神样子呆，忘记松怀。
报春时候年年有，久长多、不敢乱猜。
待重头岁月，来赏风还。

酷相思　将春雨

满眼新出雏绿叶。法桐树、群飞雀。
要将雨、天空云雾泄。
风阵阵、枝摇曳，风一阵、条摇曳。
去岁分开长久也。各自个、无眠夜。
可知至今何方赏月。
春到了、心情惬。人到了、心情惬。

开元乐　念您

周末悄然又到，心中挂念您呀。
忽告身缠公务，修身治国齐家。

归去来　别西苑

西苑八年时度。藏北京西路。
林荫幽深梧桐树。经风雨、阅无数。
朝晚诚相处。今离去、竟将别赴。
依依不舍长回顾。人流水、不停步。

解连环　鉴湖

镜湖如海，成于东汉始，历千年代。
大宋朝，坝毁人间，水消地重来。
仅留河在，贯北南方。
会稽下，良田灌溉，越城时富庶。
皇亲国戚，建营修寨。

江南晚秋一派，天边山隐隐。
浪涌波彩，皱乍起，多少涟漪。
现东面人家，小船摇摆，对岸收镰。
稻黄穗，飘清香醉。
画中游，寻道山阴，置身世外。

兰陵王　南京法桐

法桐树，高大魁拔到处。
悬铃木、华冠遮天，深邃绵延竟成路。
春天嫩芽露。神速，新黄片吐。
高温夏，如伞叶叠，避雨乘凉好消暑。

难得绿无数。往来赏心途，美景皆入。
繁华似景争夺目。
忽吹秋风劲，辉煌金碧，
缤纷五彩满地驻。雪披白银素。

几度。总回顾。
醉难忘南京，梧桐林矗，
枝条茂盛金陵护。
大江连秦淮，扎根牢固。
钟山陵园，撼魂魄，岁往复。

浪淘沙　石头城

雾锁大行宫，烟气蒙蒙，五台山上鸟随风。
上下盘旋无去向，转眼无踪。

江水永朝东，穿越时空，六朝城郭厚重重。
草莽英雄成过客，看我从容。

连理枝　陈圩小学

汴水东堤岸，洪泽湖西畔。
滩地茫茫，村庄零落，荒林周散。
四月春风绿、晚秋黄，雪来银色漫。

茅草泥墙烂，土地空无院。
低矮平房，陈圩小学，几乎难辨。
斗转星移现、亮堂堂，大楼连排建。

恋情深　家

暖屋融融和丽日，小楼明室。
肉鲜肥蟹菜高汤，味飘香。

爱妻晨起事多忙，儿子睡时光。
饭饱酒多年乐，午休床。

恋情深　　悼郭金

浩浩英年天命至，正知人世。
淮河之畔梦家园，好青年。

洪泽湖岸华章鲜，君子品谦谦。
骆马水般才气，几时还。

两同心　敬史振华厅长

门第书香，梦飞阳美。
读南大、强体修身，学努力、贵州三线。
历光阴，十二年轮，校友相恋。

未料到徐州转，苦难无怨。
接环保、万事从头，创新路、敢于实践。
领全国，举措频频，赞声周遍。

梁州令　喝酒

饮酒如何醉，好友重逢相会。
情浓一刻举金杯，双方几次三番累。

开头言语宾宾味，末几高声对。
多巡过后狂嘴，分别模样同般配。

离别难　悼东方之星罹难同胞

风骤雨急俱下，长江水翻腾。
月黑无、夜色孤灯。没东方、沉四百人崩。
六十秒、世界阴阳，七天行旅，成永生恒。
醉夕阳、老少天伦欢乐，一转眼无声。

国举动，震高层。勇三军、众志成城。
幸存施救忘身己，爱流浓监利更真诚。
逝者己、最痛亲朋，西哭长问，何返归程。
要记住，共筑神州美好，安慰抚心疼。

乐先词 LEXIANCI

离亭燕　登天门山

江水连天扑面，两岸立天门险。
东去洪流从向北，远处无穷烟浪。
上下共苍茫，汹涌波涛涡旋。

云雾翱翔飞燕，来往只船帆点，
汽笛传来悠扬响，树影楼身蒙现。
夏雨一飘来，不尽风光无限。

荔子丹　咏老树

老干新出嫩叶鲜，一路上接天。
日前才抹许些绿，无经意、眼下茂空前。

逢春朽木又添年，郁郁返人间。
世事轮回终有度，莫空闲、好梦能圆。

临江仙　会友

外地弟兄难见，双休专访金陵。

宴前掼蛋有输赢。

再来朋友酒，把盏举杯迎。

往事重提多怀旧，如今求得安宁。

更憧以后好心情。

高歌一曲醉，痛快不虚行。

柳含烟　高淳

江南岸，固城湖。

起伏山幽林秀，水灵清澈月颜初。

爱迷途。老巷古街藏故事。

村落乡愁遥指。

一方净土慢之都，两人孤。

玲珑玉　呼伦贝尔湖

长水依依，似弦月，寂寞荒原。

茫茫浩浩，尽方圆未人烟。

昼日波光熠熠，夜宵银涟现，

从此何年。浪掀，从来如、崖壁刻颜。

草长湖滩岸上，鸟飞频来往，鱼跃留连。

暖暖风来，响芦声，大雁鸣前。

时间长河难断，水流万、汤汤永远，

克鲁伦源。叹天地，醉人间，何胜此间。

玲珑四犯　蠡湖

密院深深，幽林染绿，茵茵草坪花放。
立舟船画舫，巨大天轮仰。
金黄塔亭亭样，小桥通，阁飞檐壮。
曲曲长廊，在蠡湖上，相伴徐波浪。

青山远天边望，小楼清点点，静身依傍。
只听车偶响，不见人来往。
微风阵阵新鲜气，一城胜景无穷象。
江南赏，年年岁岁人间想。

柳梢青　城南

今日和阳。昨天雨霰，变化无常。
春节人稀，路宽车少，年闹家忙。

城南一派安祥。糯米巷，平民老房。
斜树多棵，对联红艳，安品街长。

柳含烟　醉唐模

唐模寨，隐徽州。
翠绿无边似海，谷深源自下溪流。
画中游。

老树青山云朵影，村落牌坊水映。
忽来一阵雨惊人，夜天沉。

柳摇金　蓝藻

湖中间里有蓝藻。在世久，人难比早。
过去农耕生长少。喜农民、做肥好料。
今天环境不如前。富养呈、漂湖面罩。
保护修复生态要。污清除、水波清好。

六么令　中山冬日

潇潇冬雨，林荫深幽道。
梧桐挺拔直立，树叶依稀少。
一路中山陵绕。百步登高眺。云烟天渺。
连峰错岭，上下离愁满芳草。

寒意无如春早，品美庐茶妙。
无奈风月多情，此处应相笑。
心记续声缥缈。翻是相思调。梅岚亭找。
腊花香里，依旧青青为谁好。

留春令　豪杰系

二十三岁。秘书招考。半千夺一。

馆长闲职送虚名。政客腐、伤天理。

掩土黄金光魅力。丈夫须争气。

长路遥遥自无敌。世界大、豪杰系。

六州歌头　醉美人间

一年过去，皆事事平安。

春意暖，云朵淡。

夏时炎，水声潺，果硕秋天满。

江南岸，青山远。长绿漫，花开艳，沁香绵。

湖望万波，河网如织转，隐隐蒙烟。

粉墙藏黛瓦，曲径入村边，错落星般，静悠闲。

看锡城变，姑苏幻，龙市灿，润州鲜。

多少万，游客看，乐无眠，忘回还。

更有南京绚，玄武倩，紫金仙。

夫子赶，秦淮畔，众心欢。

古六朝都，胜旧今天赞，代代相传。

喜来银装雪，素裹地天寒，醉美人间。

六丑　等待

恨长天旷远。觅尽处，追寻心爱，隔分两开。
孤身中等待。竟至无奈，莫道平身少。此生唯一。
脑倒江翻海，胸中空落灵魂在，末日依稀。
时间太快，无能使它停载。最无情日月。前进难改。

凝盯窗外，马龙车水赛，挡住人双眼。
霾雾盖，高楼大厦消彩，影亲亲不见。
夜来灯霭，千家火，暗明交摆。
难食寐，顾盼双边左右。
得丢成败，兼皆可，怎敢依赖。
盼老婆，快乐平安派。夫妻世界。

楼上曲　春光

枯木凋林新抹绿，依然杨柳条摇絮。

油菜花开郁吐香，高低远近吹芬芳。

荒野苍茫寒冷意，毕竟冬天将离去。

一年之计好时将，珍惜今莫负春光。

啰唝曲　秦淮河

又喜秦淮河，重泛碧浪波。

六朝遗老景，岁月几蹉跎。

落梅风　同学

新年回到老家来，同学见面心开。
一桌菜味美成排，酒杯抬。

阔别学校三十五，八方四面成才。
后人荫树我们栽，乐开怀。

满宫花　童趣

天井湖，如月照。冈顶校园房小。
汪塘抽水站嘻嘻，黄土烂泥随跑。

生炭炉，烟呛罩。四口暖寒拥抱。
秋冬春夏转时节，最是无忧年少。

满江红　立春

未感寒冬，立春到，马年两闹。
风去影，雪来旋灭，树枝枯翘。
只有雾霾难抹去，暗无天日朦胧罩。
屁挨目、二点五居高，出门少。

人人盼，春光好。脏空气，呼吸道。
哪能出例外，想躲藏掉，
仰望星星无觅处，有钱欧美纷纷跑。
偶晴日，竟是靠寒流，无言笑。

满庭芳　大寒

天色苍苍，茫茫暮暮，树枯零乱频摇。
严冬值腊，刺骨冷吹萧。

裸露梧桐枝数，残黄色、败叶纷飘。
曾时候，蓬勃葱茂，千万绿全消。

雪飞来喜降，银装素裹，赏大寒娇。
兆丰年，春风又绿如潮。

窗内悠悠一派，晨时早、旭日东高。
孤温暖，幽宁寂静，君在哪来聊？

眉妩　雪夜

雪飘飞扬舞，欲上寒风，夹万朵无数。
路上华灯艳，流光溢，人车空去何处。
远林企顾，更隐约，前面孤树。
断残壁，矗立城墙冷，世间暖凉睹。

街入。千家食铺，饭店来客众，纷至停住。
好友何时在，空相对，哪知谁共宾主。
暖言酒诉，不觉多、情意心吐。
几壶竟平端，同浅醉，夜宵度。

梅弄影　游三山岛

夏阳流火，日丽风和过。
邀上姑娘客做，奔岛三山，太湖鱼蟹硕。
夜观星落，旅客拥篝乐。
旭日齐享潮阔，冷雨袭来，俩人独伞弱。

梅花引　佳地

秦淮浦。建邺路。城南风情多无数。
壁墙红。朝天宫。大院一方，幽深安静中。
新时代来长身住。望远凭高环四处。
眺长空，夕阳浓。今来古往，不变是从容。

茅山逢故人　晚餐

天晚回家同样，依旧孤人楼上。
喜粉丝长，烹烧牛肉，溢飘香旺。

刀刀切切齐齐，萝卜丝丝声响。
绿酒杯扬，悠然杯了，意中杯想。

明月逐人来　春又江南

春天来到，花开欢笑。枝头绿、鸟儿鸣叫。
复苏大地，蓬勃生机茂。好景光人起早。
无限江南，如画飞来绝好。生烟雨、风情未晓。
古今往事，白雪阳春绕。醉倒人间多少。

迷仙引　妻归来

妻要回来，登上飞机，趁早南下。
顾盼归家，门前逢遇迎驾。
菜场临、新采购，管它时鲜价。
烹饪好味香、扑溢全到，一餐都寡。

迷神引　会庐州

风景江淮合肥耀。

暖暖夕阳西照。

相迎老友，感觉真好。

绕天桥，穿金寨、路难找。

取闹中幽静，树林茂。

一幢徽楼卧，甚精小。

记似相识，偶遇同行巧。

掼蛋开心，时间早。

话题环境，讨经验、虚心教。

水长流，青山在、金蛙抱。

多县江书记，好领导。

相逢新年始，尽欢笑。

蓦山溪　咏学校

阳光明媚，洒满林荫道。

更曲径通幽，玉泉路、安宁学校。

书声朗朗，多学子莘莘。

在课堂，老师忙。数岁寒窗早。

今天苦读，不倦虚求教。

学习悟真知，练本领、争分夺秒。

未来世界，唯有少年挑，

作主人，勇担当，祖国之骄傲。

木笪　选择

偶然来法院，一切都生变。

最僻偏乡村走遍。农民难告状，府衙何面。

写文章现，熬夜家长饭，

受苦无妨经考验。天中无馅饼，道路人选。

陌上花 雾霾

风和日丽双休，无限夕阳西坠。

若洗蓝天，千万里空深邃。

立春已过新年早，少感受严寒未。

大楼明、偶尔鸟鸣安静，好辰几会？

雾霾浓、笼罩随时事，试问何人谁罪？

蔽日遮天，口罩一时间贵。

市民百姓真无奈，为了生存难退。

盼来风，雨雪交加齐到，爽心滋肺。

摸鱼儿　太湖

太湖怡、水含天地，江南绝美芳域。
西依天目群山翠，东上海都华丽。
桥水戏，墙粉黛、水乡鱼米千年利。
人才济济，显地势杰灵，高楼拔起，
尽露富豪气。

来蓝藻，一望浓浓泛绿，安全饮水民意。
水污染震惊于世，上下共怀心系。
方案启，大投入，治污铁腕实施力。
七年过去，荡漾碧波涟，小河见底，
重现美图喜。

木兰花　西苑宾馆

青松高高迎远客，梧桐列排陪显赫。
草花树木满方庭，四季芬芳娇媚射。

太阳光明温暖魄，雨清雪幽园趣得。
一年四季好春秋，金碧辉煌西苑特。

木兰花令　老山

老山青，泉切切，路转峰回无处越。
依凤岭，九龙旁，翠绿掩天留岁月。

赏风光，酌酒烈，凡事不烦朋友铁。
孙绕跑，老夫妻，尽享天伦心喜悦。

霓裳中序第一　欢聚

西阳亮涌吐，落水红彤直立柱。
枯瘦意杨林木，列列又排排，几多难数。
浓霾伴雾，一片蒙蒙罩归路。
人安否，从来可好，未晓在何处。

同度。互相照顾，共事岁月留无数。
分别七载离宿，见面时难，各为其主。
共聊情不住，落座聚高朋早入。
尝酌酒，忘情时候，竟到日沉暮。

南乡子　江南

又至江南，晚秋林翠水微寒。
一阵南风吹细雨，
人去，隔岸高楼林立举。

女冠子　东南大学

方寸之地，取静闹中幽密，大学堂。
东傍钟山绿，波玄武北汤。
百年东大校，世界美名扬。
学子莘莘众，代图强

南乡一剪梅　到临淮

天上絮云飘，地上无边麦浪潮。
却道湖泽湖畔好，千水韶韶，万水韶韶。

白鹭叫枝梢，四溢花香把醉陶。
沃野田园风景美，来泗洪瞧，从泗洪瞧。

南歌子　荷

半亩荷塘浅，温柔一段肠。
清池独处溢长香。晓自镜前妩媚映秋光。

玉骨青凉透，心流满眼芳。
水波抚遍绿衣裳，昨夜风催雨急叶张扬。

南浦　江苏茶博园

秋到句容来，远黛山，高低转曲幽路。
叠翠树成林，充实果、香沁漫弥天处。
花芳鸟语，库塘明镜星罗布。
稻田累谷。村庄卧其间，墅楼无数。

茅峰脚下方圆，有高庙依西，茶博园入。
瀑水小桥伸，亭台立、风景四围难顾。
莘莘弟子，绿荫丛下勤学度。
品茗饮煮，观演赏风情，金陵归宿。

南州春色　2015 年 12 月 31 日

冬阳暖，万生辉，高山依旧，浩荡水东归。
漫漫车流群鼎沸，市井闹纷追。
硕大梧桐泄绿，留长青树，弥散盛开梅。
阵鸟翱翔起舞，蓝天上下，多少来回。
人最生情，时间流逝，亲未见、思念相陪。
将去羊年猴岁，妻子我同随。

南州春色　致灿

天苍暮，树枯摇，严冬值腊，刺骨冷吹萧。
裸露梧桐枝几数，败叶落纷飘。
暴雪将来喜降，银装白素，格外大寒骄。
莫恨春风不到，丰年已照，新绿将潮。
丫灿柔柔，温馨床暖，惺睡美、东日红高。
寂静幽宁闺墅，君在哪来聊？

凭阑人　明月

月亮青天罕露头，银照谁家明小楼。
楼中谁逗留，坐观天下秋。

抛球乐　谷雨金陵

谷雨春光朗朗天，太阳和煦照无边。
江南风景真如画，山水城林人世间。
古老金陵美，穿越时空万千年。

抛球乐　团圆

三口又团圆，餐桌满盛筵。

别离多少日，无悔是从前。

万事家和兴，得修同一船。

破阵子　悟人生

世上秋冬春夏，人生苦短荒年。

地位钱财身外物，朋友知音相遇难，

得兼少两全。

月有阴晴圆缺，日终沉落西山。

崇尚义仁真善美，父子夫为家奉安，

留名天地间。

破字令　忆学习

两月时间少。度昼夜、学习真好。
深幽庭院草花迎，一流名党校。
知识理论全修到。老师名、用心传导。
忆回往事，同窗一届，永身欢笑。

普天乐　宿徽州

雨江南，徽州夜。
沙沙梦里，万象晨觉。
千树鲜，层层列，穿透白云朝天越。

水流绕回转无歇，青山倚靠，
峰峦难解，长守无别。

菩萨蛮　竺山湖小镇

夕阳西落红红艳，灯笼高挂清波现。
暮色笼些楼，客游中内留。

火灯星似亮，不见人模样。
离远闹嚣城，枕边听水声。

绮寮怨　映象皖南

满是层层透绿，便如深皖南。
盘旋路、上下飘移，疑原地、已到黄山。
丛林修竹遍野，花草艳、茂密天碧连。
怒云低、变幻无常，惊姿态、虚境心入仙。

弱水从容其间。平澜明镜，奔流一泄潺潺。
曲径幽弯。入坳谷、有农田。
如诗粉墙黛瓦，时空越、袅炊烟。
闲中闹喧。匆匆过客众。人自闲。

戚氏　冬日回乡

晚冬天，一场微雨湿庭轩。点点稀疏，雾霾依旧笼残烟。

凄然，望江关，浮云断续夕阳间。层层叠叠虚淡，远处深厚大青山。

宽路长道，行人多少，倦听淮水流湲。正纷纷败叶，林高枝瘦，没了嚣喧。

孤馆更胜从前，风尚渐变，悄悄至更阑。天空静、故河清浅，皓月婵娟。

思绵绵，夜永对景，那堪屈指，忆想多年。少名少禄，隐退金陵，走过苏皖坊间。

帝里风光好，峥嵘岁月，暮宴朝欢。况有狂朋挚友，遇当歌对酒总留连。

别来美景如梭，旧游似梦，生态呈无限。忘利荣、心绪精神伴，抚往事、成就容颜。

野外广，稍觉轻寒，任鸟飞，起伏数声残。对闲窗外，朝阳灿烂，顿作无眠。

品令　聚老山

到老山之畔。翠峰绕，雾云漫。
苍茫染目，花香树木，路回程转。
依九龙湖，别墅洋楼家卧岸。

饭庄春苑。聚欢乐，人多满。
五归为一，弟兄手足，情同始见。
好酒频斟，谈语笑声不倦。

婆罗门令　梦吴中

春风劲、惊涛拍岸，青山隐、太湖无边远。
点点渔帆，漂浮水，长相伴。
阳西下，云滚沉沉乱。
寻飞鸟，无处觅，赏风光，变幻无穷叹。

萋萋水草婆娑树，多翠绿，叶飞细枝窜。
自然造化，如此心赞。
梦境江南，醉倒、风景多情看，忘记时辰晚。

齐天乐　岳父行

六十年后重来到，家乡第一饭店。
崛起湖城，天翻天覆，惊叹难说再见。
依稀记念，马铃薯学习，广推经验。
农业齐抓，村民富裕喜华变。

江淮兄弟难忘，许多陈往事，了却心愿。
身境贫寒，诚心无悔，风范长说点点。
钱财莫敛，用权力为民，更公私辨。
教导谆谆，女儿心里惦。

齐天乐　走岳西

万年鹧落坪风景，绝秦老屋无奈。
隧洞穿开，天桥高架，仙境飞出一派。
林云雾海，叹变幻千奇，弄形称怪。
荒草金须，五颜六色野花彩。

明堂司空妙道，有山山故事，吸引中外。
瀑布虹霞，清流黄尾，环绕村村寨寨。
衙前河在，岳西小城边，宛如银带。
晚下夕阳，顿时归梦籁。

情久长　自省

路长漫漫，人生哪处归途岸。
岁月久、季节轮转，终点何站。
平常心态好，步子正、行道前狭窄现。
少年忆、青春易逝，未苦读书，
才用尽、留遗憾。

而立三十，自觉时光短。
夜继日、苦辛勤干，结果如愿。
四十不惑，喜妻子、成就家庭有赞。
至天命、心情似水，大善如流，
天地看、平安万。

倾杯令　元宵节

初一新年，元宵盛节，正月里来欢闹。
风雨吹开花俏。枝上吐青春早。
无形霾雾朦胧罩。月光银、天容难皎。
亲朋异地相聚，上座家堂酒倒。

倾杯乐　见同学

又锡城来，最江南秀，夕阳至太湖畔。
绿荫掩映，路曲百转，小路迢迢远。
溪长广水烟波渺，更隐青山现。
高楼起立，藏别墅，不尽人间家万。

感叹，心难忘却，一回同学，从此终思见。
未满月分离，常常微信里，重逢时选。
值上华灯，天香楼暖，会聚高朋宴。
了心愿，烟酒少，乐欢无限。

青门引　江姐

四月春天好，惊喜李江来到。
云南一朵似花人，江南景色，更有见她笑。

分别太久心情少，只把杯中倒。
有缘万里相会，感觉若此真难了。

清平乐　小寒

日隐天渺，枯树闻孤鸟。
无意抬头循迹找，触目叶飘多少。

路中旁若无人，昨宵梦境依存。
喜鹊捎来天籁，一钵汤汁犹温。

七娘子　赞江苏"263"专项行动

一高两聚宏图展。二六三、先起江苏干。
减化工真，减烧煤炭。提升治理难回反。
青山就是金山灿。绿水如、无价银山观。
强富美高，人民夸赞。总书记兴高期看。

千年调　毛主席休息地有感

烟雨稻香楼，万木绿油透。
河水周边环绕，浪随风后。
密林深处，鸟语花香诱。
循小道，径幽弯，回惑首。

顶红隐隐，黛瓦白墙秀。
主席曾下榻此，别墅依旧。
伟人已去，睹物良思久。
万万岁，泽东堪，民领袖。

千秋岁　神仙府

大江岸处，北固山南麓。
华灯上，神仙府。
古香犹古色，车下人齐入。
关公像，玉形白菜玲珑酷。

赏玉兰厅住，食美多无数。
好酒倒，衷肠诉。
未喝兄弟醉，壶举一一顾。
情满了，心中烦恼全都吐。

千秋岁引　二中

三十五年，离开母校，梦二中思绪萦绕。
红砖瓦平房新起，席芦塑料蒙窗罩。
避严冬，透寒气，北风叫。

酷暑难熬华实好，无奈光阴时光少，
更惜勤奋未能早。
诲人不倦情难忘，师生意切心相照。
又重逢，知天命，恩图报。

晴偏好　穹窿山

穹窿山上临风景，江南最美湖光影。
乾隆幸，风花雪月南巡领。

庆春时　齐云山

横江春水，长流千里，九曲滔滔。

登封妙号，通天堑路，赢皖境名桥。

齐云山顶，虚幻不测云飘。

丹霞灿烂，天生道教，深隐月华遥。

庆春泽　过太平县

林密山高，迢迢小道，雨飘雾重迷迷。

天暗难开，降临夜幕离离。

峰回路转空辽寂，小溪流，激涌长堤。

远无期，长伴无声，水草相依。

孤村隐匿烟云处，小楼亭台入，极目栏齐。

耀眼灯红，万方四面人稀。

高朋满座来都客，去匆匆，来也缘机。

体虽疲，欢乐心怡，爱子娇妻。

庆清朝　到含山

长假期来，春风五月，随心人到含山。
褒禅秀峰群起，更立昭关。
朝北巢湖枕靠，南濒东去大江连。
江淮地，小城古邑，风景周环。

西阳下，繁灯火，正相逢鱼里酒店开餐。
乡土味浓鲜菜，馋解光盘。
多少风情饱览，温馨宁静夜悠闲。
沉香梦，畅游一路，安石之观。

庆宣和　西水关

孙楚楼西更赏心，李白诗吟。
十里秦淮醉光阴，水沁、景沁。

庆金枝　一带一路

一带一路来，走出去、大门开，
包容参与大合唱，共盛举同抬。

需求就业投资快，掘市场、建平台。
五洲朋友共发财，世界庆开怀。

清江曲　初夏

立夏时节气候高，阳光明媚世间韶。
绿飞郁郁林荫道，城市风情万种飘。
忽来一夜丝丝雨，凉风阵阵悠和煦。
冷暖更替反复多，凡事无常任它去。

青玉案　乌衣巷

秦淮河畔乌衣巷，不见燕、何方往。
古井依然空罩网，谢王难再，百商行当，
盼客来张望。

唐朝刘禹锡诗响，毛主席行草狂放。
过者多熙熙攘攘，白墙黑瓦，另番模样，
能有几人想。

清商怨　过年

春风吹过新年到，万众朝家跑。
高速塞途，火车停不了。

飞机忙碌呼啸，大移徙、世界都少，
华夏团圆，看中国喜笑。

沁园春　年

北风萧萧，裸树轻摇，雨雪早飘。
见堵车不再，大街清静；路人稀少，没了喧嚣。
建邺城空，秦淮灯会，年味浓浓渐渐高。
逢新岁，无人群分类，团聚宵宵。

家乡翘首相邀，竞千里归程不惧遥。
涉千山万水，走车船渡，飞机高铁，归客如潮。
自驾一族，摩托方阵，风雨无妨心更焦。
年成好，岁岁家家梦，除日迎朝。

秋风清　对饮

重新来，重又来，雨雪满天舞，相逢难断开。
一瓶白酒双双饮，几时共寝怀贴怀。

秋夜雨　时光

时间逝去真无奈，光阴似箭飞快。
秋冬春夏过，一转眼、都无存在。
孑然寂寞一人处，冷暖何、情意难改。
长夜休莫怪。忘不掉、难离身外。

秋蕊香　汤泉

山众树深天瘦，弯路高坡风透。
驱车径直香泉走，惠济寺遗依旧。

昭明刘裕元璋逗，温汤候。
星移斗转千年后，留下他人消受。

秋蕊香引　儿子

儿志宇，清明之际，喜通知到，
北上往，签手续。
笃学数载寒窗苦，应招考终取。

才起步，就业银行巧遇，理头绪。
更加努力，理论联实际。
路还远，前程锦，历经风雨。

秋月夜　2015中秋

中秋佳节，玉盘圆，天满满，安祥宁洁。
万户千家灯火，最思心切。
少分离，多欢聚，此时难辍。
同望、一片爆鞭声揭。

欢同愁别。父家乡，儿北上，夫妻宁歇。
四代同堂三地，共观银雪。
酒来斟，烹小菜，饮杯难绝。
醉些、多梦里眠长月。

秋月夜　彩虹瀑布

天飞瀑布，直涌下、如冬雪开无数。
远响声，水随风彩虹仙雾。
落朝前，从未了，万丈终来归入。
一眼碧蓝潭谷。

甘泉似露，折曲曲蜿蜒，汇聚成河沐。
两岸果实多少，上下充目。
亮湖美，平照镜，草花争睹。
秀大别山，最值光顾。

鹊桥仙　APEC 北京峰会

燕山脚下，雁栖湖畔，亚太北京峰会。
万灯明水立方惊，中服亮，平添大美。
圆成梦想，未来共建，路带前程图绘。
一席元首竞回音，宣言下，果实累累。

曲玉管　普吉岛

假日阳光，新年旧岁，风情热带迎人美。
异域他乡生陌，心绪腾飞，梦常回。
碧水蓝天，白云成朵，看椰树乘风高伟。
丽质披绸，脉脉含笑为谁，沁香随。

岛立如帆，有多少、攀牙湾数。
桂林海上回民，朝夕昼夜相陪。
普吉归，最馋食鲜味，跳伞沙滩船上。
万般娇媚，比玉环难，体瘦无肥。

冉冉云　山水间

弱水柔肠永相伴。山脊梁、仞高千万。
修翠竹、树茂林层层远。鸟影处、蓝天一片。
古老村落时相见。罕雕梁、画图栋叹。
尝美食、手艺民间工展。农宿心身安晚。

人月圆　宏觉寺

立天三塔牵云雾，五十殿皆殊。
风铃阵阵，香烟袅袅，宏伟成图。

背依牛首，云台面对，隐寺全无。
路依林翠，登高极目，紫气东浮。

阮郎归　句容

宝华山外句容城，茅山南立峰。
小溪西去入金陵，秦淮醉梦城。

林更翠，果实丰，天蓝地绿横。
迷离夜晚彩红灯，更来天下朋。

如梦令　回南京

黄草鸭白叶落，山远密林阳火。
途返色匆匆，人看景车外没。
飞过，飞过，紫气秦淮迎我。

瑞鹤仙　春酌

晚天来酒郭，相见偶、客到平平漠漠。
斜阳映山落。举杯频频够，欢言盈角。
凌波步弱。不忍行、伤脚赴约。
已徐娘半老，颜面灿花，更饮春酌。

忘记归时早暮，走路谁扶，醒眠楼阁。
惊窗缎幕。留残醉，解无药。
叹金陵已是，闲和之地，烦心何事又恶。
任风光过却，情放洞天自乐。

瑞龙吟　新时代的领路人

中国梦，惊喜古老神州，势头强猛。

千年华夏兴复，往今未有，民族觉醒。

小康更，群众共同心愿，目标神圣。

人民美好追求，和谐盛世，坚持路正。

新党中央扬起，马恩思想，

革除重症，国治理政革新，方略超等。

作风转变，驱腐真格碰。

新常态，调优结构，求好多省。

大外交纷奉，护维利益，国家旺盛。

图志强军胜。

龙土地、长江黄河穿横。

三山五岳，大风高乘。

瑞鹧鸪　秋

又江南气候微凉。身体凭添厚肿裳。
园内旷空人不绝，往来形影总匆忙。
飘零落叶飞扬去。土色枯零舞淡黄。
香味五颜和六色，经风弥散往他乡。

入塞　赏春分

好时光。正春风、昼夜长。
白花开万点，嫩绿映和阳。
天也苍。地也苍。

爱人相陪对对双。又一周、思念无疆。
蜀山幽境乐徜徉。情更昂。意更昂。

塞孤　致儿子的母亲

爱妻娟，貌美心头羡。百看容颜难厌。
学校同窗曾未见。缘喜续，真诚愿。
朱湖住、宿迁先，京北上、金陵练。
事功成就，头角初显。

贤惠老少间，教子从雏犬。
一意相夫情恋，乐喜公婆欢快遍。
同患难、平艰险。明志向、一齐心。
追理想、长同勉。
百年牵，你我无憾。

塞姑　白花

偶见白花点放，始觉枯枝绿长。
寒冷又悄袭来，怎阻春风舒畅。

三奠子　宏成法师

古石云始入，心志身修。
旋剃度，出家投。
宏成名法号，地藏寺收留。
观音寺，操持建，赞声周。

夏宏觉立，倾力亲筹。
成夙愿，法长流。
身穿衣百纳，四季一皆都。
百年寿，檀香味，德功求。

三姝媚　秋思

三秋风景醉，五彩飞缤纷。
阳光明媚，草木深深。
怒放鲜花艳，树林幽翠。
遍地金黄，果实累、稻闻香味。
淮水悠悠，喜获鱼虾，蟹肥金贵。

又是来年添岁，正值节中秋。
久思难寐，父母双亲。
好友亲朋想，孝心为最。
日夜相陪，烧饭菜、平身无悔。
自古年华终老，人人体会。

三台　太湖

湖北湖南翠绿，水前水后清波。
如醉江南美景，动听柔婉吴歌。

三字令　技术推广会

冬季里，阵雷声，闪光崩。
南下雨，北阳升。
乱云飘，天色暗，更来风。
车在跑，路兼程，句容城。
污染治，技术撑。
课题开，推广会，大功成。

散天花　彩云南

云彩之南又一天，高原生碧水。
雪山绵，森林原始绿其间。
人间图画卷、万花鲜。

民族和谐最空前，风情多别样。
唱歌圆，村庄点缀绕炊烟。
动情春色弄、梦流连。

散余霞　忆宿迁

三十而立年华好，事业如日早。
难料时世从流，宿迁无心到。

腾飞赶超跃跳，骆马湖城抱。
十四岁月如歌，毕生为自傲。

扫地舞　上元节

花似雪，误似雪，树间舞飞繁点洁。
除夕越，迎正月，一片枝头开绿叶，去寒别。

左一响，右一响，上元节来炸炮放。
灯夜上，万盏亮，胜昼流光朝空向，尽无恙。

思帝乡　天

天黄，树稀楼隐藏。

风下裸枝摇晃，叶何方。

不见日头何处，阴晴细问详。

谁让雾霾离去，艳阳光。

思归乐　思

回首从前无悔改，多做事、为人如海。

任务在身何敢怠，尽努力、用心实在。

好友同仁无例外，共志向、道还一块。

本性不移吾自爱，岁月长、保持慷慨。

思远人　春偶感

春日光辉明熠熠，蓝色晴天远。
江淮昨雨，风声流水，花草树林倩。

两人团聚家乡见，转眼孤身晚。
各自往东西，入无眠梦，心仪周随伴。

四犯令　偶感

百岁人生天注定，好坏唯一命。
早晚突然阴阳另，无所谓、时间应。

短暂光阴如命令，错过难回请。
燕过留声当上劲，闲等莫、攀峰顶。

四园竹　明城墙

城墙矗立，气势贯天空。
绿披流翠，一派醉苊。
难忘朱洪。
垂柳荫，清水皱、秦淮韵重。
百年千岁流容。

闹花红，从来四季时同，
人间灿烂其中。
对岸依稀石壁，
为越城遗，往事朦胧。
长赞颂，美景数、金陵万世功。

使牛子　谷雨

气温冷热来回戏，春夜恰逢谷雨。
铺满地花香，一片葱茏透新绿。

燕鸣戏闹飞翔去，何事匆匆报喜。
万物复苏荣，莫误良辰多进取。

市桥柳　赠儿言

一步步、方成大路，少小自当艰苦。
人生曲曲迢迢，勇朝前、必经坎无数。

切莫等闲书作柱，是男儿、天下好为家处。
苟富贵、无相忘，出书香、把持有度。

山花子　六朝松

经历千年累雨风，挺拔高大六朝松。

苍劲身躯斑剥朽，气如虹。

天若有情天亦老，世间春夏又秋冬。

莫要彷徨人奋力，自成功。

上林春令　晏公祠

晴日江宁春秀。正面对、黄龙头就。

澈清湖水微澜，犹恰是、戏波浪后。

水神庙晏公祠陋。镇七寸、风雷难骤。

寻常百姓安居，生无忧、万民思久。

霜叶飞　人间好

又东方晓，残云乱，天空鱼肚白表。
万家依旧暗沉沉，正好深眠觉。
半夜醒、清风过跑，聆听稀鸟窗前叫。
路上去行人，大树笼、悄悄静静，炫火灯照。

红日一跃初升，光明大地，世界无限形耀。
看繁盛似锦山河，五彩鲜花俏，
草木树森林不老。乡村城市欢腾闹。
享太平、年年岁，多少情愁，只人间好。

师师令　外秦淮河畔

秦淮此处，水波澜无数。
岸边垂柳茂深深，碧绿透、层层叠树。
大厦高楼拔地柱，老城墙竖。

多桥穿过飞身渡，看人流车速。
曲弯弯小径幽幽，花怒放、忍留人住。
闹静之间休憩入，伴爱妻天暮。

山花子　李江君

七彩云南看富民，滇中重镇要关津。
执政为民女书记，李江君。

板栗香椿柑橘累，山中风景闹春新。
一入昆明难止步，富民亲。

山亭柳　江宁安身

江宁安身，十岁晃如新。
年五十，命天真。
忆想往前陈事，恰如风过烟云。
盛茂风华无数，不负辛勤。
现今心态平安好，沉湎快乐漫销魂。
衷肠事，任何人。
若有知音遇见，不辞遍唱阳春。
一酒当筵小醉，当叙朋真。

伤春怨　出行

雨打房窗户，一夜花凋无数。
院落静幽深，不晓何人来住。
与君相投入，你却他方去。
把酒祝东风，且暂别、将重度。

上行杯　龙泉湖

雾起龙泉湖面，仙境宛、确是人间。
如此江山无限好，将何处找。

往盱眙，山里住，一宿，四顾，
何以流连。

生查子　吊锅

来大别山中，迷入天堂寨。
怀抱火炉时，尝吊锅乡菜。
闻米酒香浓，长饮杯空再。
人到此云游，真把神仙赛。

双鸂鶒　人生

纵论人生何看，幸慰从来无憾。
身降自书香院，学成功在师范。
娶了贤妻如愿，儿子大学康健。
入住长江南岸，合家欢乐无限。

送入我门来　相聚

来袭寒潮，衣裳厚肿，幽深饭店温馨。
靓丽丝衫，窈窕体柔盈。
拿牌同玩双双对，掼蛋果然频频胜赢。
酒斟满，彼此相谦礼让，稍显持矜。
长夜歌厅乐度，如痴畅怀痛饮，跳舞心迎。
忘记时辰，零点过期轻。
雪飘落地纷纷灭，不知万方留得住停。
梦中空好事，有心无力，半觉天明。

琐寒窗　朱成功

世外桃园，湖边泽水，独门朱户。

中医几代，经历无穷风雨。

几亩田，书香门第，乡亲溢美多评语。

子女多书读，自强自力，别家游旅。

回顾，成功处。泗洪县青阳，教师为伍。

同班同学，一对想成情侣。

往天岗、东下陈圩，当年矮屋今在否？

养天年、老伴相随，耀宗光先祖。

寿楼春　蚌埠行

河劈荆涂山，向东千百万，从不回还。
铁路飞穿南北，蚌城雄关。
茫沃野、肥良田，畅物流、车帆相连。
两岸竞飘香，丰登五谷，真世外桃源。

出淮上，名声传，卫食园创业，经历非凡。
空手发家艰苦，志强争先。
农产品、加工全，奔小康、龙头冲前。
偶来醉风情，曲幽静神餐味鲜。

寿阳曲　乐元宵

元宵节，明月圆，雾霾深。
万灯连旦，金陵夜秦淮梦幻。
小楼幽，子妻同伴。

水龙吟　送儿吟

今天好好休息，明天当打头开始。
一年南下，凡三百日，时光流逝。
阅历加深，广交朋友，凭添优势。
市场新都市，天择物竞，淘汰劣，贫穷耻。

儿少立胸大志，好学习、斗车知识。
勤于锻炼，敢于吃苦，成功我自。
男大当婚，佳人相伴，爱情驱使。
待春来、四世同堂喜聚，万安无事。

疏影　立冬

立冬又到。恰时逢小雨，微冷稍早。
落叶纷纷，草木凋零，五颜六色还好。
上班周一心情爽，二月别、同仁迎笑。
问暖寒、话语关心，体重否增轻少。

期短学习毕业，意犹未尽感，悄瞬完了。
奔赴八方，岗位担责，干劲冲天高效。
友情深切多思念，泡微信、众聊群唠。
盼相见、重聚良辰，掼蛋酒兴欢闹。

十六字令　妻

妻，四溢青春万种仪，
君逑好，淑女未能及。

十样花　蝴蝶兰

户内蝴蝶兰艳，沁肺芳香一片。
雨雪交加冷，温房漫。
美无限，怎堪枯萎见。

苏幕遮　殷商朝

水中游，田里跑。
天上飞禽，家野生肥鸟。
烹饪饮食加火烤。
饭后剔牙，陶埙揉搓澡。

质青铜，陶皿造。
歌舞升平，于酒沉沦了。
宫寝宗庭文室巧。
虽柱础石，社稷江山倒。

少年心　老树

裸干老树新绿，又春来、冷寒离去。
百叶横遮眼目，鸟窝哪里，透碧色、对面楼虚。

乱木迎风摇许，茂盛密、养神静气。
岁岁年年替，风光同趣，人偷老、不觉皱纹徐。

少年游　回家

又亲兄妹老家陪，妈爸日相随。
母亲康复，父亲不累，为孝尽几回？

子行千里双亲挂，返路把儿催。
共进中餐，聚难又别，含泪忍还垂。

少年游　刀鱼

春潮迷雾出刀鱼，一网百斤余。
长江三鲜，嫩娇肉质，江海洄游居。
如今十网空九次，都往甚方趋。
价比黄金，怯人津问，怎奈少鱼渔。

双双燕　团聚

又周末到，出差未归来，气温寒冷。
时逢圣诞，怎与过年相并。
妻子京城铁乘，犬儿看、行期商定。
从来聚少离多，又是单身孤影。

心径。西阳雨劲，驾驶快如飞，越山翻岭。
小楼归晚，夜色黑幽迷瞑。
欢席浓浓正兴，便忘了、何须回应。
元旦一聚全家，快乐自然独凭。

哨遍　祖国你好

旧岁又辞，新气象年，一唱雄鸡叫。

时夜半，千里远迢迢，站南接儿回来早。

晚饭烧，情思等回妻子，重逢面对欢欣笑。

三口举家齐，车飞快走，星星月亮同照。

温馨宽房暖室悄悄，不觉晓已是太阳高，

刚打开窗，远望前去，肉惊心跳。

糟！迎雾霾朝，正与元旦同时到。

蔽日遮天更，茫茫无边蒙罩。

上下漫迷离，混沌世界，风光不在难寻找。

目瞪口呆间，茫然无助，全不知往何跑。

紫峰高楼大厦已消，钟山翠绿林树仙漂，

隐秦淮、在哪环绕。

长江东去难在，百舸争流少。

叹息如画江南顿了，自毁长城倾倒。

喜闻撸袖子新招，干加油，祖国你好！

双声子　游浮槎山

扼巢湖畔，合肥南险，林密葱岭绵延。
浮槎山望，江淮全览，无限大美家园。
海天木筏，名始有，龙九峰峦。
金乔觉，佛传教，尼僧超百成千。

水方圆，清白深至浅，尝来味冽甘涟。
欧阳修品，文章专记，称天下池乳泉。
更多奇石胜，形状态姿叹人间。
峰回路转徜徉，蜜桃小麦农田。

双头莲令　儿归

犬儿独北上京都，几日又归途。
随高铁竟午餐无，立马去忙厨。
肉包一个蛋汤出，吃相似前如。
工作岗位细详读，初试小牛殊。

双雁儿 小巷

枯黑老树绿新添，嫩碧绿、叶光鲜。
艳阳穿透落林间，暖融融、满地颜。

巷幽深静谧朝前，往哪里、竞安闲。
季节更替又一年，梦春天、岁岁圆。

双韵子 新年偶感

新年更替，岁年又长，蓬头霜色。
一生似梦漂泊，新世纪，贫身个。

芳菲彻，花容热，熏花眼，无心赏乐。
梦常故土双亲，杯盏酒，朋邀喝。

霜天晓角　夕阳

夕阳西下，看长天如画。
蓝色深如大海，云变幻，时瞬化。
惊怕，一日假，人生年岁寡。
明早朝阳新起，莫懈怠，当潇洒。

声声慢　会同学

天将日晚，灯火通明，南京辉煌金碧。
江水流痕，花草峭寒无力。
高桥路旁树影，一排排、罕无人迹。
黑夜里，车飞驰闪过，赶赴佳席。

浓重平安气味，街闹市、喧嚣挤身狂客。
小店幽幽，暖意竟如春色。
时同学朋友聚，酒斟满、干完无息。
有些醉，入东楼、闻听远笛。

诉衷情　五台山

莺语，花舞，春昼午，雨霏寒。
高大树，遮路，五台山。

晨练众人还，天天。
往来无空闲，寿延年。

诉衷情令　重逢

当年偶遇北京匆，转眼十年工。
如今约定重聚，情意愈加浓。

同盛宴酒连盅，面容红。
金童玉女，比翼齐飞，辽阔天空。

诉衷情令　祭东方之星遇难者

一弯江水逝东流，夕日没西头。
经风历雨多少，未料到 、此停留。

人哪往，跪难求，万般愁。
永别天降，彼此阴阳，乞告原由。

诉衷情近　乡咏

艳阳六月，正是登高远望。
洪泽湖眼前光，黑塔镇山露样。
弯汴水清如练，西下淮河，浩浩汤汤漾。

蓝天畅。朵朵白云诡象。
碧空如洗，万物迎风放。
平原旷。陌阡纵横，
方圆绿色，麦田金浪。一派丰收赏。

沙塞子　汤泉

遥遥隐隐天边，起伏亘、绵延老山。
江浩荡、向东流逝，一去难还。
滁河如练绕平川，富庶地、金黄稻田。
宁恬静、自然乡野，莫过汤泉。

纱窗恨　江宁横山

蟠龙雾水湖寒冽，落横山。
雨稀飘起丛林越，隔空天。
路弯曲、远峰回转，轻风拂、人在旋盘。
恍惚云游，逛仙间。

思越人　炸罍子

合肥城，宁国路，罍街文化新区。
三十六家香店铺，川流不息无虚。
炸罍十二杯中酒，又逢知己朋友。
南北东西名吃优，开心忘却归走。

思远人　无想山

无想山前风浩荡，荒野变城市。
路宽横纵远，楼高群起，真异月新日。
改天换地人强势，吓倒老韩士。
大兴土木时，正加油干，惊禅寂幽寺。

桃源忆故人 散步

夜来秋雨根根碎，化作粉红花泪。
独自芳菲谁为？是否来相会。

幽灯映树深深翠，一路别来滋味。
静谧秦淮梦醉，车堵不知退。

踏歌词　2015 博鳌亚洲论坛

椰影婆娑美，宜人海暖风。
嘉宾云盛聚，唱响亚洲声。
开创未来成，命运共相同。

踏青游　集庆门

集庆门南，九十度城墙角。
小道静、顿失喧闹。
树拔高，绿上下，艳花环绕。
夕阳照，微风戏吹影跳，
风景这边真好。

无凤凰台，保宁寺寻难找。
立商铺、愚园重造。
大江西，难见鸟，人间多少。
李白笑，扬州风光览饱，
年年岁岁春早。

踏莎行　郊游

郊外悠悠，秋风抚透，一塘清水微微皱。
山头云淡日无形，小楼独处幽幽候。

杨树亭亭，叶稀挺瘦，更开团簇深红透。
莫非此乃是桃源，香车误入欢心走。

太常引　夜秦淮

秦淮夜色艳朦胧，门户挂灯笼。
灯照岸墙空，小楼挤、人欢乐中。

波澜寒水，粼光透冷，些许绿蓝红。
花舫荡从容，今宵醉、销魂放松。

太平年　封崇寺

七家湾里封崇寺，勅建头位次。
西天檀木卧佛此，大雄学校至。
武帝梁朝方开始，火患焚烧止。
东面五中志，历代今日。

太平年　天生桥

秦淮清水源头系，绝美庐山地。
姻脂河凿太湖至，奉承洪武旨。
顿造天生桥奇伟，鬼斧神工最。
何得见形势，此处酣睡。

探春令　爱情隧道

一条铁路，绿林穿过，隧深长道。

更没了火车人闹。伴侣忍、蚊虫咬。

婚纱摄影阳烈烤。枕石知多少？

慎入来、越轨之间，非是曲直难头到。

天下乐　古官道

僻静古官道曲折。路起伏、仙竹叠。

幽深无绵遍落叶。阳光出、上山风月。

过去事、京城显贵列。探险涉、春秋猎。

往来不断寻闹热。贾商云、来宿切。

摊破南乡子　过大江

四季一年长，留不住、美好时光。
大江萧水东逝去，千秋万代，桑田沧海，
地老天荒。

人众数茫茫，男儿好、当自身强。
一生无悔休虚度，追求理想，
只争朝夕，永世流芳。

摊破浣溪沙　钟山秋韵

数树深红出浅黄，紫金山上好秋光。
黄绿赤橙青蓝紫，彩飞扬。

鸣鸟舞姿林戏闹，微风徐过响声长。
小径曲幽知远处，路人忙。

摊破采桑子　三山岛

有机生态三山岛，可口枇杷，够味清茶。
世外桃源哪里佳。耶，啰，唯这里、客人夸。
湖光水色蓬莱境，遍地香花，绿盖石崖。
朴素民风百户家。耶，啰，唯这里、客人夸。

探芳信　见张坚院长

泌阳县。少小自中原，乡驻马店。
事业湖北立，从政法条线。
博学理论专家誉，著作堪文献。
育新人，法制公平，始终实践。

萍水相逢见。可近可亲人，无距离感。
兴趣如常，和谈吐，干中练。
顿生崇拜油然起，尊重诚心愿。
品威真，首掌高级法院。

唐多令　城头

芦叶满沙洲，寒沙带浅流。

明月天、入水边楼。

柳下系船犹未稳，能几日，又中秋。

故里有城头，故人曾到不？

换新颜、多少乡愁。

更饮家乡真美酒，终不似，少年游。

天净沙　思乡

阳光树木温房，鸟鸣风静花香，

日下孤人椅躺。

突来声响，不知觉梦回乡。

天净沙　齐鲁山

绵延齐鲁山苍，仞千层石崖冈。

四季迎风脊梁。

万年模样，八方中国家乡。

天门谣　中国

宏伟中国梦，复兴路，

百年昌盛，时不等，五洲为之奉。

小康目标决心勇乘，

治党从严风气整，

依法更，万众一，中华永胜。

天香　回乡

风雪交加，车行隧道，一步长江横渡。
五九严冬，天寒地冻，百里瘦枝枯树。
四周迷雾，直向北、太阳迟露。
高速不停来往，归乡引指前路。

家中看双父母，喜心头、话语难住。
肉蛋鸡鱼齐上，酒香频煮。
感叹人生历数，幸福事、长陪老人处。
待寿高年，儿孙乐顾。

天仙子　东平湖

七百东平湖水漾，夕阳西下霞浮上。
蹁跹来白鹭飞翔，
芦苇荡，草荒长，几叶渔舟听晚唱。

剔银灯　游褒禅山记

吴楚天地一派，记非常之观文妙。
玉兔祥云，褒禅山绕，绿深幽幽弯道。
迎喜雨亭前，霏霏落，沙沙声渺。

循入华阳洞小，豁开来，叹天工巧。
百怪千奇，形态各异，出画如神维肖。
藏大树参天，险其远，穷人多少？

厅前柳　好家乡

路长长，起落望，天边上，往何方。
地茫草丰无际，半边黄，半边绿，现牛羊。

九曲转、弯弯河水亮，岭高山远任徜徉。
浩瀚神奇处，尽风光，美不胜，好家乡。

透碧霄 白云

上多高。白云方够有多高。

后前错落，层层叠叠，静静空飘。

形随时变，千般万态，分外妖娆。

艳阳光、如雪凌霄。

眼前高高立，中间跑闹，尽处成潮。

看山头笼罩，即时狂雨，多少道丝条。

待放晴，排成队，横竖左右齐标。

整平划一，恢弘方阵，天宇相交。

自由中、舒卷翔翱。

广阔间天地，无限缤纷，日月同昭。

调笑令　云

云幻，云幻，舞弄蓝天惊看。

秋风阵阵吹来，树叶斑斓彩开。

开彩，开彩，一片黄金世界。

偷声木兰花　同学叙

蓝天碧水三香路，黛瓦银墙春好处。

院落窗前，树大根深叶茂鲜。

不知一别何时聚，未料竟然同学叙。

饮酒兰亭，雅俗相宜彼此情。

添声杨柳枝　踏春

周末驱车冶父山，皖中闲。
拾阶登高密林间，手相搀。
峰岭起伏无尽处，风光楚。
纵横阡陌梦田园，有炊烟。

万里春　咏春

花红柳绿，畅然清明天气。
爱怜妻、犬子骄儿，一方赏已醉。

聚少离多彼，在心里、偶然相叙。
梦江南、万里春风，一家逢欢喜。

乐先词 LEXIANCI

万里春　毛泽东思想

中国信仰，是泽东思想。
党成功、建共和新，世间长影响。
做主人民畅。更东立、势头无挡。
为炎黄、筑起铜墙，万年功无量。

望江东　江南美

何处春光最优美，哪不认，江南醉。
长流水远定难会，永逝去，如何退。

花开柳绿阳光媚，万物长，出新蕊。
少年时候好机会，莫耽误，超前辈。

尉迟杯　汉都汇

闻香累，深巷酒，不怕汉都汇。
依金陵鬼脸城，畔粉脂秦淮水。
书文字画，风雅趣，厅室显高贵。
菜淮扬，品尝烹饪，更融南北风味。

安闲消遣时光，朋友聚重逢，打牌相对。
谈笑风声乐悠悠，常忘记，休身枕寐。
千杯少，心难拒绝，几来往，情浓人已醉。
世间长，苦短人生，得缘知己无悔。

望海潮　大兴安岭

林前林涌，林间流水，祥云林上舒飘。
山外有山，山山不断，山山岭岭冲霄。
五色弄妖娆，看缤纷舞彩，唯有登高。
美好河山，大兴安岭景如潮。

幽幽小径通遥，小溪轻秀跑，转眼全消。
花怒放开，青青绿草，随风阵阵欢摇。
难见砍伐刀，一草一木笑，嫩树新骄。
绿水青山无限，无数客来瞧。

望梅花　朱湖行

妻去朱湖乡看，过去曾经公干，
住地拆除成遗憾。
逝岁年光阴漫，还是念人生首站，
难改精神相伴。

望江怨　小楼掩

心思念，暮暮朝朝想相见。
温馨星酒店，隐幽宁静清庭院，小楼掩。
记忆梦形容，不知深或浅。

望湘人　山河水

远方披翠绿，林茂密深，老山无尽西望。
洗新蓝天，白云飞上。一片祥和心赏。
小城汤泉，路街宽敞。人来人往。
黛瓦银墙别墅楼，稻田飘香花放。

湖涌龙泉闪亮。入山河水境，不同凡响。
掩藏在其中，座座岭葱形象。
宁静空间，桃源依傍。后半身老人养。
俩口子，平淡相随，快乐融融无恙。

望仙门　歌舞

玉条身段立如亭，曲蛇形。

轻歌一曲万般情，绕梁惊。

颦笑容颜貌，消融起舞痴凝。

弄姿柔软令人迎，令人迎，长想久长萦。

望远行　花山

花山点点，白云绕、雨过天晴新照。

草地茵茵，油菜花开，黛瓦粉墙远眺。

九曲回肠，新安秀水，滚滚涌涛，波光闪耀。

此景风、唯有清明皖南好。

今到。惊叹石窟人造。

历史谜，无从知晓。哪年哪月，谁来所为，

石料作何需要？洞中如同宫殿，

幽深高大。络绎游人多少。

幻虚如仙境，循灯光照。

巫山一段云　老坊巷

评事街失落，繁华不再延。
蜿蜒成片古宅间，老坊巷拆迁。

水井门能罗雀，依旧一泓甘液。
夏凉冬暖几春秋，九旬大妈忧。

武陵春　老党校

大树参天留冠荫，草地绿如茵。
院落成方丽日明，洁净未纤尘。
四季轮回年岁转，人醉觉寒轻。
白雪皑皑一照人，不远要更春。

误桃源　花落

一夜竟花落，误撞了春风，
树飞枯叶声，绿香蓬。

去冬春色畅，新吐旧除逢，
世上萎荣事，似人生。

梧桐影　湖畔亭

湖畔亭，秋风急。
今夜又来居水凉，
辛劳一路酣眠里。

舞马词　为泗洪洪翔中学题

改革沐浴春风，洪翔应运而生。
满院莘莘弟子，明朝硕李纷呈。

梧叶儿　春节

新年到，春立忙，温度向高扬。
除夕近，思故乡，返程长，
一路风尘往将。

无闷　安徽饭店

依稻香楼，绿树掩映，傍护城河清水。
远到客曾经，夜一香寐，好友秋天相会。
正季节，赏金黄螃蟹。
更进酒，谈笑风生彼此，美食相累。

时未，变主人，事业为。
五月时光难睡，只身往赴，履职首位。
晨出晚归来回，百日过，名声夸评最。
在路上，来日方长，志将不怨不悔。

呜夜啼　到溧阳

昨夜风和雨，窗前飒飒轻声。
温馨细软绵柔枕，一觉到晨明。
长荡湖中流水，不如岸上天坑。
闻名天目湖之地，每次不虚行。

喜春来　蝴蝶兰

牡丹国色芳茅舍，蝴蝶兰红户内华。
沁香花朵满无瑕，冷月牙，温暖何如家。

喜朝天　一面

喜双休。雨停后阳光，午日当头。
自驾机场，快将重见，分久一周。
灯火双双酒店，大虾茄子鸡仔多油。
明月夜、意犹未尽，温暖幽楼。

繁忙不忘亲父，赶紧驱车往，寻哪来由。
问候身体，反复嘱咐，主动参谋。
开朗忠诚正直，老人家、廉政更要求。
今分手，心思工作，再创新优。

喜团圆　婚庆

春光五月，清流汴水，花草芳香。
阳高气爽云飘淡，柳丝荫幽凉。
白莲芦苇，大湖湿地，飞鸟成行。
天山贵客，鸳鸯儿女，地久天长。

惜花春起早慢　走湖

太湖辽，太湖辽，万顷碧浪长眺。
波光闪炎炎丽日照，点点帆影孤小。
游龙绿色，芦苇摇、堤坝弯道。
密林深，更鸟语花香，湿地真妙。

青山翠岭重重，雄岸水中疑，四面环绕。
东南北西掠过，转风向、竟来蓝藻。
泥滩浅底，温度高、萋萋生草。
藻离离、草依依，不晓何时能了。

湘春夜月　竺山湾

太湖西，起滔滔竺山湾。

一片小镇相依，安静自悠闲。

翠岭亘横其后，碧浪身前涌，享地天间。

美墅新别致，高楼耀眼，真梦桃园。

风和日丽，花香鸟语，山水相连。

小港湾弯，交易市、活鱼虾跳、刚好时鲜。

渔民乐笑，致富欢、多小康钱。

夜色里，闪灯光点点，推杯问盏，唯饮先干。

惜春郎　山泉

满池清水容颜绉，澈底心凉透。

山泉汇聚，万涓无数，形影消瘦。

翠绿依稀中内秀，不见碧波走。

哪处来、往哪匆流，化美丽人间够。

惜分飞　春光好

无限春光争和煦，旭日阳光升起。
城市高楼密，马龙车水人相挤。
乡村五彩农田地，沃野山川千里。
江北江南去，创新除旧添朝气。

西江月慢　咏南京

横江此处，冲北向、老山西望。
形胜扼东方，江南安好，赖南京挡。
冶越城、筑邑金陵，十朝都会，六朝都旺。
玄武湖、十里秦淮，骚客俊流望。

势虎踞、龙蟠高万丈，美善地、恢弘气象。
多少回金迷纸醉，起落终难忘。
换旧貌、地覆天翻，繁荣昌盛，纳容开放。
永企盼、宁与国家同向上。

西地锦　小满

五月阳光新照，世界一派好。
分明建筑，婆娑树木，鸟儿欢叫。

冷热适中拥抱，不觉春眠晓。
人间冷暖，轮回四季，心情为要。

西溪子　周末

爱妻厨房忙菜，儿子打球回快。
客厅明，家几净，窗户映。
爷俩开行酒令，你端杯，我端杯。

惜分飞　写给周行长

斗室一方多简易，百日时光几许。
人只孤身寄，履新万事心头系。

寝食无定由己自，早出晚归忘记。
告别来临际，回眸相视方留意。

西江月　武进宋剑湖

宋剑三千湖水，粉墙黛瓦得园。
季札悬剑送徐前，千古窑光不见。

腊月遥观无雪，误了春画江南。
不怀春里胜春天，阅尽雨烟无限。

西平乐　中秋佳节记

十五难寻月亮，今岁中秋遇。
天有浮云不测，逢莫兰风聚至，
天气才晴又雨。
倾盆直注，笼罩模糊远树。
黯凝伫。

相见好、欢笑语。
三地归家合一，妻子和和美美，
别后来团聚。
自驾走、驱车北去。
悠悠汴水，洪泽湖畔，
陪二老、不他处。
一夜良辰短度。往高铁送，
重又心思念绪。

乐先词 LEXIANCI

西施　咏柳

不知时候沐春风，柳树已先黄。

竖排挺直立，左右自成行。

绿色枝条摆曳，停不住，舞来絮飞扬。

去年寒冷今犹在，也难挡住新芒。

太阳续日暖，催嫩叶生长。

无限时光难再，从头越，莫闲等人忙。

惜琼花　赏金陵

金陵早，风景好，雨来烟雾重，仙境萦绕。

大江弥漫虚缥缈，凄婉秦淮，玄武清照。

隐钟山，身影小，老城墙曲折，夫子名庙。

一成形胜东南要，凭扼江南，人事多少。

惜秋华　人生感悟

苦短人生，百年时、恰似昙花一现。
气象万千，人间美轮极限。
山长在水长流，止不住光阴之箭。
心愿，懂生活、奋发豪情无怨。

少小历磨练，力学长本领，锻炼身材健。
常律己、重品性，志存高远。
须知雁过留声，莫等闲、业成功建。
回念，未虚行、孝忠两遍。

惜春令　狂风起

无限春光突扫光。都因那、北起风狂。
满地枯枝横竖躺，杂物半天扬。
吊塔空中长。倒将下、屋顶飞翔。
可叹鲜活生命脆，重惨痛伤亡。

喜长新　三解三促

春风绕面到宜兴，万里空晴。
白云朵朵锦安宁，蓝天尽处悠行。

三解基层三促，留住山庭。
调研水质探实情，太湖治理当赢。

喜迁莺　秋景

朝日亮，朵云浓，天上碧蓝空。
忽吹来阵阵秋风，群鸟舞飞中。

人又出，车更堵，立刻满城声怒。
东西南北色形匆，劳作度人生。

系裙腰　再见家乡

高阳普照好春光，黑短夜、昼白长。
江南江北风情畅，一年开张，抹新绿、怒花忙。

四月清明节又至，丝柳荡、麦苗香。
思贤祭祖探双亲，再见家乡，少多记忆、在何方。

献天寿　春秦淮

日丽风和春最时，水鸭先知。
朵花舒展弄多姿，含绿树新枝。
忽来晨夜秦淮雨，喜贵如期。
高墙屹立岸边依。冶城故，万年斯。

西吴曲　凤阳行

凤阳行、莫过朱帝。坐江山一统、大明起。
小城山点缀，淮河如贯虹气。
浩瀚平原，田广袤、生机常聚。
大地阔、无限新光，正可谓、历经风雨。

旧皇陵处，残断壁中都，依稀几方庙宇。
历史记。许多兴盛繁华，升平歌舞，
俱已成为过去。中国长在，太短暂五千年，
唯世界无垠，华夏永延续。

湘春夜月　我中华

我中华，永存昂首东方。

九曲百往黄河，雄浩浩长江。

世界顶峰高耸，广草原崇岭，漫漫边疆。

沃野方万里，平原壮阔，拥太平洋。

今朝喜看，中国梦想，旗帜高扬。

水秀清澜，山更翠，地葱葱绿，天更蓝茫。

生活美好，奔小康、民富国强。

众志向，复兴之路绘宏图，理想无比辉煌。

遐方怨　好儿男

离汴水，往江南，岁月东流，不知何时随梦还。

一方乡土一方难，阅经天下事，好儿男。

相思儿令 分手时

越到手分难去，情感最相宜。
天下确实没有，不散宴长席。

好酒好菜都齐，醉今朝、欢乐之极。
虽然来日方长，但求重会时期。

相见欢 醉心浓

小楼昨夜香红，梦酣中。
晨鸟轻鸣窗外、爽凉风。
相见顾，乐过度，兴无穷。
老父新孙美酒、醉心浓。

相思引　秋晨

蓝透苍天看似空，飘来多少白云中。
鸟飞匆过，银燕气如龙。

大树参天风更劲，一群长者早晨功。
时光荏苒，大步上高峰。

献天寿令　春眠

最喜花开春暖，心情格外娱欢。
阳光穿透户窗前，思念难醒还眠。
一梦双双轻轻醒，回脸看、正在眼前。
分离无数总相连，相互岁岁长年。

闲中好　新年

新年好，迎万象更迭。
复始添一岁，朝夕争莫歇。

小重山　竺山湾

灯火阑珊秋水明，别宜兴市里、畔湖停。
晨阳些露透窗棂，惊梦醒、帘外晓啼莺。

开户一天青，楼洁桥曲影、淡云轻。
太湖适遇立冬行，严寒冷、春不远吹风。

潇湘神　回家

回老家，回老家，
莫说游子在天涯。
世上可怜多父母，
新春团聚乐开花。

潇湘神　赏兰

蝴蝶兰，蝴蝶兰，
盛开温室萎蔫寒。
美丽朵花知季节，
为人成事学能贤。

新雁过妆楼　巡湖

风煦阳高。江南好、缤纷五彩逍遥。

万山染绿，千水洌洌如潮。

树木葱葱流墨翠，草花怒放向天摇。

白云飘，伴飞大雁，横纵天霄。

太湖明珠熠熠，正浪波阵阵，无际滔滔。

点点渔帆，追逐不尽清涛。

长堤画卷十里，海市蜃楼凭空面朝。

绵延岛，月亮湾环绕，景色妖娆。

杏园芳　静思

当年偶下金陵，如今默默安宁。
遥思过去正年轻，满豪情。

疏生一片新环境，无非适应方行。
连年优秀立功惊，自心平。

杏园芳　雪后

千棵万树花白，方知瑞雪飞来。
银光一片小区还，太阳开。
高楼错落时周末，温馨睡醒刚才。
轻轻鸣鸟驻窗台，入心怀。

行香子 同醉

晨早清清，新日天明。

起身迟、睡眼相迎。

天空凉爽，斗室温馨。

恰你中我，我中你，正中行。

守厮到老，难离难弃。

任功名、生事俱停。

朝朝暮暮，相敬心灵。

更月同赏，影同一，醉同瓶。

行香子　夫妻

前世成缘，今世夫妻。

长相守，一辈相知。

不离形影，朝晚随陪。

是情中侣，你中我，醉中谁。

何妨到老，常闲常梦，

任功名，生事俱非。

美颜难驻，拙语多迟。

但走同行，月同赏，宿同归。

谢池春　看湖

到太湖边，天水一时无际。

渺茫茫、群山远屹。

清涟荡漾，草长攸攸细。

打渔船，卧波涛里。

风高浪起，鹭鸟急飞同与。

树成行、蜿蜒划一。

朝阳东照，点滴金光聚。

好江南、世人心系。

谢池春慢　金陵天

金陵逢雨，倾盆注、玄湖倒。

势猛起黄昏，竟到天明晓。

车堵人流慢，南北知多少。

路填平，沟渎照。

日无风静，长看秦淮渺。

晴天转至，新大树、林荫道。

绿地茵茵更，花草频频笑。

大厦高楼近，四面群山小。

城市闹，正没了。

江南流火，风韵重高调。

雪梅香　六月雨

雨直下，风息踪影更来加。
立丝丝如注，难间断响哗哗。
流水成汪遍湿地，点滴激起数多麻。
润天地，昼夜相连，竟未停暇。

归家，众车堵，攒动人群，四过八达。
拥挤一时，巷空路静无他。
大厦高楼显明亮，树清新绿草鲜花。
阴晴转，万象更迭，无限风华。

雪花飞　五十有感

知五十天命到，年华正好当时。
家有安康四老，儿子京师。
工作忙闲顺，衣食不虑之。
钱禄功名外物，体健才实。

寻芳草　人生感悟

莫道苦和累，世间事、不前则退。
少年时、大志难可贵，树雄心、更加倍。

不忘肯读书，勇实践、把牢机会。
善思维、练就德行最，君子气、担当伟。

寻梅　连云港

难得去趟连岛上，海风吹、心花怒放。
一路车绕盘山晃。
水天相连色，浪花飞荡。

沙滩浴场人无恙，太阳伞、规模盛况。
万吨港口颇雄壮。
货轮穿梭过，极目远望。

新水令　翡翠谷

水飞石破响天雷，万年深壑幽竹翠。
人往赏，聚成堆。人不成堆，山景为谁魅。

惜春郎　春游

日行三百行程里，一对双双起。
朝阳沐浴，春风和煦，中午逢雨。
漫步山中多少许，不管变天易。
大自然、意境身临，共世外桃源与。

眼儿媚　香格里拉

惊醉香格里拉花，机场受哈达。
一番热烈，酥油茶饮，饱咽糌粑。

漫游独克宗民舍，起舞露天夸。
踏茸草甸，青稞斟满，小布达拉。

盐角儿　金牛湖

来波也快，去波也快，春风徐爱。
长天碧浪，清流拍岸，水花飞彩。

隐青山，农家籁，深深净空浮云外。
路幽静、弯弯曲曲，真世外桃源在。

厌金杯　天堂梦

新月平湖，曾幽静冷，
僻偏中、立青山仞。
稻田畴广，曲折贯溪流，
飞鸟任，罕见无人过问。

斗转星移，万灯初上，
夜精彩、一时繁盛。
古城廓外，胜境现姑苏，
游客等、藏入天堂幻梦。

燕归梁　黄山石

上古轩辕帝练丹。

始有大黄山。

群峰青岩黛苍颜。

住天子、冠黔山。

溪流直下、鸣声久远，

悠悠震空天。

翡翠谷来水生寒。

黑黄石、双相连。

燕归梁　冶父山

藏卧江淮冶父山，来历不平凡。

春临明媚艳阳天，忽来雨、略风寒。

楚王铸剑，欧郎火炼，往事越千年。

上三百六四峰巅，览天下、阅人间。

燕山亭　扶贫

炎夏时间，相聚泗洪，教育扶贫奔走。
东大院长，政协民盟，智力支持援手。
辗转周圩，丘陵处、地荒贫瘦。
还又。幼稚学生多，校房依旧。

乡领导来迎接，现场同协商，主张齐凑。
人数规模，多少投资，规划案头挥就。
约定南京，再讨论、成功将有。
时候。中国梦、家乡更秀。

檐前铁　赞盛夏

日炎炎，热浪绵延，疯狂盛夏。
烫阳光、万里碧蓝天，蒸世界白云下。
青山近，鲜花草，水闪亮，蝉鸣哑。

人挥汗、火当头，攘攘熙熙谁怕。
勤劳动、幸福来到无神话。
看我神州，正美丽中华，真伟大。

阳春　清明记

暖风轻，莺语巧，枯老树添新绿。
花五色鲜颜，浓夺目，万道丝舞柳飞絮。
赏清空气。人过往，似曾相遇。
千古圣地金陵美，江南好无能比。

蓦然有消息，没成想，工作更、新职又履。
从来宏观放手，现超脱、处处心细。
同仁领导满意。起点自、标杆高立。
迈开步、莫负春光里，一齐努力。

宴清都　知了

烈日炎炎照。齐天响，蝉声连片鸣叫。
骄阳似火，高温酷暑，令人烦燥。
伏伏起起绵延，一阵阵、竟无处找。
又复始、岁岁年年，不知多少知了。

乌云降顶压来，倾盆旋至，平地落枣。
清风走过，习习凉意，感觉真好。
知了传远停止，顿寂静、否安不晓。
雨后晴、更见虹霞，爬权复吵。

阳关曲　月亮

夜空独月照天宫，
树影亭亭未有风。
劝君少要奔波外，
家里温馨人有疼。

阳关引　夏日

夏日炎炎烤，恰似蒸笼罩。

阳光烈火，当头照，如何跑？

看花枝枯谢，树叶焉焉抱。

遍地声、蝉蛙昼夜不停叫。

浴场空调处，真恨少。

酒吧茶社，群宾馆，顿时爆。

赞普通劳动，洒汗淋淋笑。

展未来、中国梦就喜来报。

阳台梦　泰山

又临绝顶阳光照，四周一片荒原早。
望西黄水降天庭，面东听海啸。

孤峰独立起，平地出千丈峭。
泰山压顶不弯腰，气概英雄笑。

阳台梦　中秋

中秋节到，月亮高悬照，思念何时能了。
一人漫步路朝前，忘记行、几多圈。

明来旭日催天晓，相见亲真好。
举家回到故乡来，二老开心，尽孝道、久徘徊。

绮罗香　仰周恩来

战国春秋，黄淮大地，孕育不凡生命。
吴越精华，黑水白山身影。
至忠义，谦逊仁和，显憎爱，诚心坚定。
德高如日月同辉，止行令上下尊敬。

临撑危局勇领，长擅维持真理，难能清醒。
礼让功名，贤选护能彪炳。
为人民，服务平生，为自己，鞠躬终病。
一身无子女钱财，骨灰留海岭。

杨柳枝　回宁

初六回宁绕祖陵，
路途盰地雨零零。
小车一贯难高速，
又是新年万众迎。

扬州慢　自驾游

淮北平川，风光五月，雪白杨絮飞扬。
望八方沃野，尽麦浪金黄。
大河壮、长龙堤绿，蜿蜒东去，千里流长。
岸旁边，林海深处，游子家乡。

一江跨过，下明光、泗县前方。
看美景沿途，山清水秀，鸟语花香。
两口子归心切，中餐免、赶路匆忙。
自驾游来乐，天天如此无妨。

遥天奉翠华引 太湖漕桥

武宜常路遥，恰江南、自有漕桥。
深山背倚，迎滔滔太湖潮。
乃交通要道，水运兴、商贾聚集嚣。
一度繁华，千年古镇前朝。

河流照旧，老巷长、石板步条。
老屋几间，凭现当事奢豪。
两岸民居起，万户家、相守望楼高。
天地明昭，此乡愁、分外妖娆。

谒金门　海

看那海，天地之间难碍，
世上何曾如壮态，乃大容不改。

拥抱五洲无外，万水尽收悉率，
平静浪狂难势盖，叹真实气概。

夜游宫　学习应无恙

学校学习正在，少机会、上班除外。
马列知识更崇拜。
专心听、细心记，思考再。

一阵牙疼太，夜难寐、汗流巾盖。
吃药坚持课堂迈。
不请假、不缺席，康复快。

一丛花　贺爱妻

人生当可以重来，精彩更抒怀。
知天命五十还二，正逢时、事业方开。
十年磨剑，终成大器，担要任施才。

洪泽湖畔女儿孩，风雨历培栽。
巾帼不让须眉又，是黄金、泥土难埋。
金陵数载，庐州职履，从此上新台。

一半儿　雪天

漫天飞雪舞晶莹，遍地银装染目凝，
美酒举杯相对迎。室温馨，
一半昏昏儿，一半儿醒。

一萼红　宋朝《会约》赞

宋朝官，宰相名富弼，卸任退休闲。
时洛阳称，为耆英会，老又贤者十三。
以齿序、东轮流座，定会约、从始有方圆。
菜果脯食，二十碟器，饮酒不难。

一纸通知各位，每家传递至，来否留签。
上述之规，如其违反，罚酒自我承担。
想当时、豪华相尚，更甚至、俭陋訾相间。
面对奢靡之风，独树新鲜。

一斛珠　太湖

太湖绝秀，春来秋去随君走。
小桥流水姑苏候，大美无锡，再逛常州够。
湿地园林山外又，三国水浒城如旧。
恐龙喧闹竺湾就，觅觅寻寻，最美清流透。

一剪梅　月思

一月中空尽皎洁，如昼田畴，城市时别。
阳晴时有弄圆缺，人自相思，对对相约。

岁岁年年从未歇，满轮如盘，半朔弯斜。
从来情重会心愁，抬首凝天，忘却知觉。

宜男草　周末里

高铁东西快飞跑，沪南京、大长三角。
周末里、上海流连，相聚巷里红城阁闹。
分别时久问寻找，酒茅台、饮盅嫌少。
谈往事。宵夜安眠，拂晓身赶飞机起早。

宴琼林　紫金山

一座紫金山，半部史民国，云雾消散。
孝陵叹、太祖大明朝，武略伟雄争冠。
梅花岭，汉奸汪，炸尸烟灭惨。
逸仙陵、肃穆庄严照，世人多瞻看。

斗转星移，绿色大花园，争奇夺艳。
树茂密、上千成万。鸟鸣翱翔慢。
梧桐木、亭亭玉立，寒冬去、美轮虚奂。
荫凉幽闲，起伏环道，迷途绕通贯。

瑶台月　黄山翡翠谷

黄山脚下，翡翠谷，蜿蜒直向天往。
双峰对峙，两面绝壁相望。
树漫野，千奇百怪，竹如海、梢头摆晃。
绿色艳，犹流淌。翠滴欲，无穷漾。
清新空气，随风浩荡。

涌泉水、轰鸣声响。骇浪惊涛奔流闯。
穿乱石过坎，雪飞模样。
浅清波、回返盘旋，碧透底，深潭千丈。
太阳照，豁开朗。偶来雨，云雾挡。
神仙境地，萦思妙想。

一斛珠　小酌

又迎周末，晚来已觉些饥饿。

菜场细看挑萝卜，豆腐新鲜，四块钱称过。

牛肉红烧锅一和，葱姜大蒜浓香彻。

续斟把酒相为客，自饮金杯，竟也倾欢乐。

一七令　花

花，

丽质，无瑕。

肤脂玉，面如霞。

情色迷眼，朱唇素颊。

酥胸滑细嫩，对乳隐红芽。

纤指粉莲藕臂，蜂腰臀翘膝叉。

满头乌溜齐耳发，一夜乱梦已天涯。

一七令　江

江，
天降，流长。
奔腾急，水汤汤。
冲开山谷，锐不可当。
泄波飞直下，凶涌浪疯狂。
千转百旋川野，蛇行一路安详。
永往直前无回首，追逐大海向东方。

一叶落　夜秦淮

一塔艳，明如剑。
上极广宇倒形现。

夜淮水镜平，河边风光显。
风光显，梦幻南京灿。

忆汉月　三八节行

三八艳阳高照，暖煦春风吹早。
扮装梳理为谁娇，喜上脸庞开笑。

全家行动了，牛首翠，满山周绕。
看风光醉过江南，连理一枝终老。

忆余杭　春光

惊叹春光，天地风情重鲜亮。
江南水暖引鸭来，千百万花开。

翠竹山漫曾相似，柳绿长条轻舞此。
一年之际在于春，总顾有心人。

忆旧游　走江淮

大地江淮阔，树瘦形枯，料峭春寒。
田野平交错，起伏冈岭远，水色明鲜。
麦苗透绿荒草，村落隐其间。
偶见路行人，二三鸡犬，过往悠闲。

蓝天，夕阳下，净亮般如洗，云绕周边。
柳枝随风摆，物生情鸣哨，久久相传。
黑压压阵飞鸟，上下舞翩翩。
此处醉乡愁，孙孙子子将万年。

忆闷令　江宴楼

四月阳光人任走，乐全家三口。
秦淮两岸春来，江宴楼喝酒。

嫩绿层林秀，万花芳香透。
闹中静、曲径通幽，一醉方休够。

忆江南　纪泗洪

虹州古，千岁汴河还。
明祖陵安淮水北，泗州湖底枕波澜。
听醉水潺潺。

乐先词 LEXIANCI

忆王孙　相聚

钟山秋晚聚朋人，楼外森林葱郁深，
夕日无声掼蛋闻。
到时辰，酒宴频频举盏斟。

忆秦娥　新年

寒风烈，华灯怒放迎飞雪。
迎飞雪，车如长龙，人头相叠。

春秋冬夏走时节，一年又是重轮月。
重轮月，转来添寿，相思心切。

忆秦娥　玉龙雪山

山无影，天中横立临头顶。
临头顶，乾坤颠倒，地上空境。

欲亲问玉龙山顶，缆车手脚攀行并。
攀行并，森林身下，雪寒人景。

忆少年　横山水库

春来无误，春风和煦，春光明媚。
横山大觉寺，友朋齐相会。

水库云湖阳夕坠，无限好、美色如醉。
心情入天地，把酒凭相对。

忆帝京　宜兴莲花荡

舟水径入莲花荡，
稚童遥称红友。
杜牧喜宜兴，笔下名诗久。
绝句赞清明，千古流传走。

日斗转，贡茶山上，
翠深色，绿堆成秀。
碧水滔滔，茫茫无际，
太湖一片长依旧。
空谷鸟鸣音，柳絮桃香诱。

意难忘　纪念毛主席 122 周年诞辰

毛主席名。

永恒同日月，伟大独行。

南湖船闪亮，传马列天惊。

枪杆握、闹茨萍，井冈战旗明。

远长征，拨航遵义。万里雷霆。

雨风过后空晴。

共和国建立，华夏神凝。

天安门震告，千亿众同听。

革命彻，为民经。百姓拜相迎。

领袖亲，光辉不灭。共世长青。

倚西楼　养气

遍地春风花怒放，林树枝头鲜叶长。
日斜西去暖洋洋，天地豁然明媚亮。

庭院深深人几何，偶鸟飞来鸣叫唱。
阳台间里老夫闲，难得独自一人把气养。

伊州三台　好春风

好春风太无常，正午阳晨晚凉。
花怒放芳香，树枝枯、柳条绿长。

乱云飞舞西阳，市井凭添景光。
气象万千当，踏青游、快离屋房。

伊州令　浦口火车站

南京浦口名车站，雄起长江岸。
历百年风云变迁，弃破败、空留遗憾。

相分别父亲伴，朱自清文叹。
中山总统奉安经，否留住、前途待看。

伊州歌　贺承前

裴承前弟又荣升，不惑之年果炼成。
为民做主当书记，传世留名乐友朋。

伊州歌　五台山

阑珊灯火五台山，大树参天冷夜寒。
人行未几闲安静，明早晨曦锻炼欢。

饮马歌　生日宴

羊年春又到，远路回家早。
宴席依然照，寿星添庚悄。

发银丝，体健康，
步履如儿少。丈人好。

迎春乐　鸡年

九旬岳父精神好。丈母娘、不嫌老。
大家庭、五世同堂少。儿女立、群孙孝。
喜讯快、周雷传到。娶媳妇、太爷欢笑。
进口添丁鸡蛋。耀祖光宗要。

引驾行　观湖

盈湖春水，清波碧浪何因为。
煦和风、过轻抚，推涌助澜成对。

陶醉，赏目悦心随，闲庭信步不知退。
恼烦事、全消在外，好心情、最珍贵，别累。

应景乐　寒露

三秋又度，冷雨淅淅，落叶无尽数。
空明月，悄然透寒露。
看些鸿雁赴，南下阵列，
大水迎来黄雀，飞禽化潜物。

时候始菊怒，草木败、就此花香，
五彩六色闹，天地何处。
深圳儿行，妻往西主。
依旧守金陵，唯有老夫住。

莺啼序　朱家

桃源县居世代，累中医门户。

田十顷，家境殷实，动乱社会低度。

老祖父，先生木匠，行书著作功夫树。

老七十六岁，安身晚年归墓。

父母同学，共读师范，为人民服务。

西南岗，天井湖边，育人教书僻处。

女儿双、相依蜜蜜，更乖巧，衣衫褴补。

爱学习，品性兼优，大学皆录。

乐先孝子，爱女桂娟，修得同船渡。

值少小，同乡长大，故地陈圩，简陋生活，苦难无阻。

高中淮北，同期校友，县城工作夫妻对，

努力帮、比翼齐飞路。

金融信贷，公务员秘书职，服务泗洪乡土。

宿迁建市，又北京忙，主皖南京住。

好孙子、名朱志宇，帅气翩翩。海外留洋，栋梁之柱。

京城创业，悉心深圳，多方锻炼成长快，

广天空、任尽情飞舞。

一家其乐融融，五世同堂，耀宗光祖。

永遇乐　南京大屠杀国家公祭日

抗战八年，日军侵略，南京沦陷。
滥炸狂轰，烧杀抢掠，死难三十万。
奸淫妇女，令人发指，大小老轻难免。
屠俘虏，全无寸铁，灭人性罪行犯。

事实掩盖，真相隐瞒，世界舆论欺骗。
国际机关，良知人士，救助揭黑暗。
中华胜利，正义审判，昭告亡魂了愿。
记国耻，国家公祭，复兴伟现。

有有令　2015 年末

新冬至到，难见雾霾逃，太阳无限好。
依旧窗前景，枯黄叶、无声掉。
绿色无、去了生机，现楼对面，
年年时巧。

鸟叫，消息喜报，儿上海、看谁知道？
往大别山老伴，访苦扶贫晓。
岁高父母陪少，盼望拥抱，
团聚喜、大年尽早。

应天长　喝酒

爷四相聚家中庆，欢语笑声无止静。
烹调高，大舅兴，好菜满桌全搞定。
酒斟开，何用派，换盏推杯行令。
老子往来呼应，二瓶人不醒。

渔父　西康宾馆

春雨丝丝落院庭，西康宾馆冷幽清。
高大树，小车停，闹中取静贵人迎。

渔父引　明月

低月楼高更明，树深月远弧清，
途人别样心情。

渔歌子　雨乱飞

芒种时节雨乱飞，
千家灯火赏惊雷。
孤酒醉，少人陪，
风高夜里管它谁。

渔家傲　回乡

旭日光明催早起，双休日里归乡去。
先拜老人爸妈礼，心愿意，平安幸福康身体。

姊妹同行游故地，秋高气爽蓝天宇。
夜色起来灯火举，将酒续，家和万事兴真理。

御街行　到寿县

千年古县名称寿，宋代建、城墙厚。
八公山上览八方，淝水淮河环走。
奎星楼立，报恩禅寺，街巷仍依旧。

春光沐浴枝新又，老二口、同身受。
拾阶登顶畅清风，幽径一圈难够。
多情豆腐，原汤牛肉，尝品长回诱。

御带花　赠儿言

三秋时候当南下，立志男显身手。
一年匆短，荏苒光阴箭，取争成就。
恋爱成家，业务上、知识更有。
真实践，多开眼界，南北任凭走。

独孩儿初长大，少小又离家，正二十六。
忆其中事，聚少散多多，体高削瘦。
健魄强身，炼意志、顶风雨骤。
明天待，功名置外，阅历喜回首。

玉蕈凉　访南审记

秋岁时光，正绿透老山，弱水长江。
安澜南审境，赏别样风光。
林深花石密处，五彩色、郁郁芬芳。
银练水，绕转山坡响，楼宇宏房。

书香。男儿少女，来往不停，
心阅朗读文章。
翩翩齐起舞，乐曲婉悠扬。
莘莘学子发奋，蓄力量、路日方长。
存抱负，大志生，无一彷徨。

玉蝴蝶　春水

清清春水无痕，平如明镜伸。
绿树倒枝身，长长柳入沉。

高楼成对称，云落更如真。
天上世间分，此方谁个神。

玉蝴蝶　宿迁

杨树绿，宿迁芳。霸王之故乡。
骆马水流长。隋河运达江。

新城亮，商街旺。观故道风光。
叹故里堂皇。一城天下扬。

玉阑干　江南大学

江南大学森林度，隐约小楼多几处。
周围绕长广溪流，山形厚、顶生云雾。
忽来风雨淋潮路，转进车、宾馆停住。
晚来静静看孤灯，倦悠悠、好梦床铺。

玉楼春　穹窿山

跃上穹窿山眺望，更看太湖风浩荡。
层林流翠路深幽，隐住潜心孙武将。

南下乾隆登顶忘，明惠孙皇身入藏。
从来最好梦江南，唯一吴中风景畅。

玉漏迟　月季

赏一株月季，时节正是，花开真好。
绿叶盈盈，白雪不知多少。
寂寞孤身独自，处斗室、始终微笑。
谁照料，施肥浇水，阳光前早。

遥想过去时光，母亲病突来，吓儿心跳。
数月昏迷，康复之期无晓。
老少全家侍候，放盆景、床头香绕。
花放巧，母亲眼开相眺。

玉楼人　小康

十三多亿人民共，中国梦、心齐万众。
神州华夏新颜，震山河、风劲涌动。
长城内外小康懂，奋力中、百姓称颂。
大江两岸铺开，崭新图、创业潮弄。

玉梅令　南京味道

南京味道，独领江南好。
城墙立、六朝遗找。
虎踞龙伏势，更扼大江涛，
形胜地，北南首要。

秦淮十里，烟雨蒙蒙罩，
灯红影、丽华艳绕。
茂密梧桐树，广厦起如林，
花锦簇、万方欢闹。

玉女迎春慢　相遇

一色黑衣，惊天丽、雅高人上。

短发乌溜耳傍，静止如初模样。

双眸晶亮，炯脉脉、目何方向。

容颜华贵，仪态韵足，心静何往。

清新脸面亲和，含唇会笑，柳眉形象。

貌似如花美丽，宛若天仙好赏。

今生长想，忆往已，共同欢畅。

暮暮朝朝，梦里念思无恙。

玉人歌　听蝉鸣

蝉鸣树，此起彼伏声，长连难住。
夏时蒸暑，又遇上秋虎。
朝夕饮露胸前腹，响亮平天吐。
羽成双、飞舞频频，把身隐处。

晨走曲幽路。
更稀罕轻风，脸珠几数。
汗水湿沾，浸透短衣裤。
年年光顾寻常日，淡定心欢度。
畅悠然、志趣难移外鹜。

玉堂春　江南春

日高云淡，灿烂阳光无限。暖煦和风，一派春光。
大美江南，翠绿青山更，秀水粼粼浩浩汤。

走太湖明珠醉，行千程大江。
换了人间，奋斗中国梦，看复兴旗帜劲扬。

玉团儿　生命

韶华用尽年时百，这世界、千秋万代。
血肉之躯，形从生死，心性恒在。

人间一瞬多精彩，要自励、牢牢主宰。
逝水光阴，莫荒虚度，名响命外。

雨霖铃　走马泰州

江淮海水，汇交之际，浩浩无退。
沟河渠流横纵，湖塘密布，鱼虾鲜美。
一马平川三泰，土沙长成累。
放眼望，天阔无边，地广田畴稻香穗。

黄桥决战春秋佩，散硝烟、一片祥和味。
盐商贾豪难在，宅院大、不知何位？
夏去秋来，冬去春迎，景色人醉。
好日子、相伴年年，莫忘艰难岁。

虞美人　宜兴

宜兴自古陶都盛，竹海声声更。

无边似月太湖明，西日落时天目仰头迎。

尊儒习问殊才辈，书画琴棋累。

氿三连玉翠长流，天下难寻心醉好乡愁。

于飞乐　到江宁

丽日当空，一车飞到江宁。

宏觉寺院登兴。

祖堂山，牛首看，触目心惊。

冲天孤塔，半球边、黄土坑迎。

翠绿竹丛，青青林木，

前湖似镜清明。

好春光，风浩荡，万物生情。

重楼约隐，白云下、魅力金陵。

雨中花慢　三伏天

风起乌云翻涌，阵阵雷鸣，烈日终离。
暴雨降倾盆下，热浪依稀。
千缕丝丝，银珠满地，树叶悠低。
景色一片亮，红霞灿烂，万物相仪。

多情夏日，消然三伏，果实累累秋期。
花正艳，草芳香吐，盎盎生机。
经历重重浴火，清凉胜过余其。
莫求多少，但须无欲，岁月方宜。

雨中花令　周末

周末小孩他舅找，做菜忙，厨房小炒。
月黑风高，清凉门外，安静无人扰。
可口佳肴皆味好，珍宝坊，一瓶喝了。
笑笑聊聊，时间迟早，自在回床觉。

怨回纥　过长江

越过大江去，车开过二桥。
新生圩港口，塔吊立天高。

船状如蚂蚁，来回千里迢。
春风时正起，中国梦旗飘。

怨三三　鼓楼

红颜赤色鼓楼高，大树枝梢。
铁架支撑四面牢，更加固、挽身摇。

天高处紫峰霄，几千尺、人难细瞧。
古往今时交，沧桑迁变，祖国为骄。

月当厅　致岳父

九十几岁年龄少，人生一百，长寿新标。
子女满堂，优秀孝顺称骄。
银发白丝显贵，体能强、共事里难挑。
志坚定，精神犹鑚，步步登高。

投身革命全心意，为贫民、万辛千苦操劳。
入死出生，经历坎坷如潮。
功就实名写青史，自家私利未分毫。
持亮节、清风尚，健在是头条。

月宫春　金牛湖春

赏春何处去踏青，金牛湖畔行。
风吹和煦碧波惊，浪高鱼跃形。

茉莉歌声真切切，樱花怒放醉人停。
山水融融顾绕，引来宾客情。

月上海棠　夜雨

谁知半夜忽来雨，打窗棂、声如耳呢语。
醒来早起，看光景、树湿透绿。
铺地水，偶尔流出影许。

太阳昨日今天去，有阴晴、十事九难虑。
人生如是，曲折多、起伏皆遇。
世间情，喜怒悲哀乐戏。

月上海棠　阳羡湖

清风和煦轻扑面，水扬波、哗哗响拍岸。
大山顾绕，翠绵延、似入梦幻。
夕阳照，美妙天然画卷。

休闲步道弯如练，烂漫花、茶垄起伏远。
一坝雄立，汇涓流、浪高涛现。
到宜兴，阳羡湖边再见。

越江吟　金牛湖

金牛湖畔春光艳，止叹，碧波起浪拍岸。
山峦缓、民居隐现，炊烟远。

樱花开、迎春花漫，密林乱。苍松翠柏无限。
峰回转、幽深路险，行千万。

越溪春　夜思

三月二十八日末，春色遍天涯。
鼎新路陡门桥地，傍运渎、涂冶山霞。
红粉墙头，秋千影里，临水人家。

孤身一个床趴，灯火透窗纱。
有时三只二只鸟叫，朱门柳细风刮。
思念不停心上下，唯梦里牵她。

鹦鹉曲　聚天宁

常州市里天宁睹，东经一百二十度。
立天窗、一览无余，美煞江南烟雨。
上华灯、满座高朋，彩烈兴高相叙。
互推杯、把盏殷殷，已自醉、迷归我处。

夜半乐　仙林雪

恰来一夜风雨，仙林半暗，曾几何时月。

更无见群山，层林飞叶。

大楼虚隐，模糊别墅。

黑沉沉远空中，闪光灯灭。

路漫漫，车排队成迭。

堵长无奈止住，鼎沸鸣声，水难通泄。

天放亮，惊喜由来窗穴。

四方遍野，晶莹剔透。

竟呈一片银光，厚松松雪。

耀刺眼，抽身后倾跌。

上下纯白，素裹人间，美轮称绝。

不畏惧，天寒冷殊别。

自安心，南大上课求真切。

知识到，保太湖坚决。

国民群众人人悦。

早梅芳　祖父

朱克宾，我祖父，曹庙陈庄户。
书香门第，世代中医老师度。
今之何缓号，免费疗疾苦。
木工闲不下，衣饭坐行住。

酒白干，就豆腐，烟袋天天吐。
教孙识字，后背当成板书露。
善良宽厚品，欢乐心胸朴。
岁七七，戛然离世故。

赞成功　父亲

世家教育，几代中医。
洪泽湖畔苦学习，
转读师范，迎似花妻，
西南岗远，蜜月无期。

主任而立，扛校长旗，
教学先进扫盲一。
委员书记，共事瞄齐，
领航母校，忘却其余。

澡兰香　三山岛

三山岛外，岛上三山。水世界中一派。
山随水远，水绕山间，碧浪涌汹开外。
阔云天、无限长空，阳生光明暖在。
湖渺渺、风来四面，苍茫如海。

快艇河湾绕返，没入芦梢，已悄然拐。
茵茵翠绿，曲径弯弯，栩栩太湖石怪。
百家人、众小楼多。黑瓦白墙靓彩。
日落夜、偶火灯明，蛙声天籁。

折红梅　五月江南

气温升高快，炎炎五月，林形零乱。
草花丰、靓丽万千，齐相怒放开绽。
盈盈水畔。疏影错、光鲜清浅。
大都市亮，如梦乡村，似棋布星罗，点缀其间。

何人宠眷。八方四面来，凭栏先看。
山青秀、大湖熠熠，朝昏夜晨游遍。
江南风暖。长鸟队、一行悠远。
对酒兴好，折尝龙虾，粽香层层叶，举杯重劝。

赞浦子　雪景

大地苍茫莽，飞来雪舞扬。
曲水滔滔失，凡间极限光。
唯有香樟绿翠，瘦杨树细枝长。
遍野漫山处，人烟隐户庄。

摘得新　欢聚

又过年，同仁共聚欢。
紧张来掼蛋，尽情玩。
歌声相伴美食醉，忘家还。

章台柳　知天命

今回首，今回首，逝去年华难再就。
五十知天命果然，信条不改如前走。

占春芳　别恋

心近了，人还远，至此未谋颜。
不晓诗词同赏，难得小技生缘。

好事在人间。遇佳人，能否相怜。
士为知己人相伴，多美无边。

昭君怨　童趣

豌豆春拿麦地，沟水泥堆夏季。
大雨一番来，乐开怀。

牛骑秋天田野，洗澡小塘欢雀。
西日落沉归，望家回。

桌牌子　酒宴

闲云湖宾馆，携犬子、约三舅饭。
先掼蛋斗相欢，再推杯换壶干，互相高盏。

席间难客断，好几遍、人人酒满。
有幸共聚江南，更多知己，今生乐愉无憾。

桌牌子近　又到宜兴

又到宜兴，艳阳普照春好。

新万象、江南先到。

山绿水秀妖娆，村落环绕。

花放柳摆随意，飞队鸟，长鸣叫。

阵阵清风和渺，瞧万里晴空，

彩云挂角。

满目花香，闻油菜已醉了。

此一处、景观绝妙。

折丹桂　云湖

云湖又到春光美，荡漾清波水。
翠竹山岭郁葱茏，映倒影、风光魅。
西斜夕照金芒碎，无限残阳坠。
漫天尘去碧一空，万籁静、全陶醉。

鹧鸪天　偶聚

遥想初来到宿迁，当年拼命干朝前。
夜深伏案爬格静，天亮繁忙难有闲。

离别后，互相联，几回萦梦友团圆。
重来故里高朋座，相饮开怀情意绵。

鹧鸪天　游天井山

天井山下路弯弯，山头明丽井朝天。
村连村外乡连镇，柳绿花红格外鲜。
巢湖阔，水漪涟，江淮大地美容颜。
一朝惊蛰春常在，分外妖娆梦境仙。

折桂令　雨江宁

雨江宁，牛首烟岚。如梦江南，无限河山。
叹祖堂山，宏觉寺伟，庙宇连天。

深林处，人家隐现。曲通幽，世外桃源。
迎客流连，欢乐农家，灯火无眠。

折花令　春风

沐浴春风，江南到处纷芳艳。
外去走，乡游遍，闻鸟语花香。
放飞心愿。

老友相见，茅台好酒需斟满。
将饮醉，真情现。
自己弄千杯，何曾要劝。

柘枝引　太湖

光阴跳跃马年离。治理太湖急，
新一轮开始，争环境美不停蹄。

珍珠令　江宁好

江南又是春天早，风多少，雨舞蹈、迷途回绕。
牛首露羞容，祖堂林木草。

不料山中人更闹，路峰转、客人欢笑。
欢笑，此境胜桃源，江宁真好。

徵招调中腔　庐山

孤峰峙立江南岸，好气象、匡庐山览。
顿落俯身视长江，似练飞，水千万。

临频侧影湖东看，顷浪阔、泽国长现。
诡异俊雄雾迷离，岚影碧翠染双眼。

枕屏儿　大连

天地之间，奇丽大连画卷。
白云绵，红旭日，苍穹邃远。
山一角，安宁海，带桥长线。
孤舟漂、隐身浅浅。

几处层楼，多少路行车现。
倚窗前，风景看，情人挂念。
梦相思，心更盼，始终难变。
别离后，早迟再见。

昼夜乐　敖

偶然邂逅真天注，忘自禁，长相叙。
徜徉骆马湖边，正是梦中淑女。
宛若天仙纯美顾，笑抿齿，甜言轻语。
裙摆映苍蓝，粉衫白云许。

远山秀水经常遇。念思情，两心聚。
朝朝暮暮时难，形影终分开处。
不觉流十年无诉，更别久，异乡分住。
一日又重逢，共良宵千度。

驻马听 打车

骤冷江南，冻封路、银装素裹昆山。
平常小墅，温馨和暖，乡人故友欢谈。
酒嘘寒，话语多、盛密无间。
年月无痕，奋发豪气，过往如烟。

清晨告别瑞雪，竟罕的士招拦。
眼看误时高铁，真正为难。
美女一声问候，同坐她叫车单。
到站后，没入人群，从此无缘？

祝英台近　路思

巷幽深，人更少，来往总相遇。
又是清明，天落小丝雨。
寒消春季时节，复苏万物，
怒花放，老枝新绿。

最无语，岁月徒任轮回，年华空逝去。
壮志心头，能与何人叙。
但愿运转时来，天将大任，
敢担当，成功一举。

珠帘卷　思乡

春天里，艳阳光。江南到处芳香。
山水依稀如画，何时回故乡。

杨柳摆条飞舞，闻油菜放花黄。
多少旧时存忆，虽已远、梦中藏。

竹枝　歌

高歌一曲吐真心，
清风暖暖过年新。

竹枝　泗洪

濉河沿岸众楼依，一塔如初已影低。
清水浮光如玉带，泗洪城韵最人居。

竹香子　油菜花

一派春光明快，唤醒那油啊菜。
迎风满地舞飞来，朵朵花开赛。

金黄引住客在，小蜜蜂、展翅兴采。
香飘四溢醉江南，胜似桃源世外。

烛影摇红　文德桥

一水秦淮，旧时清净捞明月。

文枢夫子庙高台，科举生如雀。

对岸青楼舞乐，弄艳姿、风情盼解。

文德桥禁，正人君子，潜舟渡越。

惊叹当今，一堆大小贪官惬。

行为哪顾守操节，别墅洋房夜。

坏作风风花雪，送钱财，日升官列。

党规国法，通通无碍，唯他世界。

乐先词 LEXIANCI

烛影摇红　美丽校园

虎踞东旁，一方风景凭无限。
楼高林木郁葱葱，水佐岗为伴。

花草满园随遍，径幽幽、美庐错远。
闹中取静，鸟雀相鸣，桃源雅苑。

转调踏莎行　大暑

大暑时节，阳光愈烈。流萤生腐草，烛宵夜。
湿浓土润，时行雨切。虽是最热，秋凉边界。

耗气伤津，药粥可解。补齐双气血，肉禽铁。
食姜暖胃，多活动戒。慢中散步，静心娱乐。

子夜歌 太湖美

太湖新、碧波荡漾，一望四方灵秀。
太湖亮、长天水色，烈日火炎升骤。
风过太湖，渔帆星点，座座青山瘦。
太湖茫、飞架长桥，形若彩虹，
远万里空蓝透。

太湖上、人家小岛，变幻怒云白够。
闻太湖香，花团绿翠，极目清凉走。
太湖当夏日，真流光溢芳就。
明媚江南，景光无限，年复一年又。
太湖殊、人世天堂，与时相守。

紫萁香慢　咏南京

好江南，金陵城最，胜形虎踞龙蟠。

大江横流北，似银练、舞连天。

粉黛秦淮脂艳，醉桨声灯影，昼夜嚣喧。

六朝都，几数苦难历兴衰。

往事去、有多少全。

新颜，地覆天翻。重浴火、越千年。

看城墙广厦，流光溢彩，相映同鲜。

望亭宇楼台处，更宏伟、正庄严。

绿荫浓、马龙车水，

盛荣无限，一派和睦家园。长在世间。

中兴乐　走江淮

沃野江淮冬日阳。正无限暖洋洋。

绕城过，村落，小楼房。

苗青柳绿枯枝末。枝杨弱。

水清流澈，波乐，遍地安祥。

昼锦堂　五月天

五月江南，清风浩荡，玉带银练长江。

跌宕奔腾泓水，闪耀流光。

群山连绵生起伏，葱茏碧绿郁苍茫。

知多少，五彩缤纷。天成不尽风光。

城墙。里外里，街道网，游龙蛇树花香。

古色亭台楼阁，现代洋房。

马龙车水喧嚣闹，繁华市井众人忙。

时间老，书出太平盛世，又近西阳。

字字双　家

娇妻美人贤又贤，犬子知书怜又怜。
双方双亲全又全，幸福老少甜又甜。

紫玉箫　合肥印象

淮右襟喉、江南唇齿，旧三国地绵延。
平川广袤，众冈冲伏起，田畈相间。
北水金斗，归异处、称谓名衔。
江南首，中原要喉，现在从前。

沧桑巨变今日，时斗转星移，岁月流连。
飞高铁快，四通达、高速路绕城边。
大楼雄起，多广厦、矗立接天。
流光彩，欢语笑声，好运年年。

醉公子　过汉中门

春色满城苑，晨日光辉散。
绿抹汉中门，和风萦绕漫。

高楼比天看，断壁明朝建。
夏秋冬春换，天下人亿万。

醉垂鞭　秋叶

落叶透金黄，铺街巷，留人赏。
秋意且浓香，难来一景光。

工人多早起，清除去，保洁常。
没了醉芬芳，唯其心里藏。

醉高歌　紫峰大厦

紫峰如柱天擎，古鼓楼无旧影。
钟山东望依然景，浩浩长江浪兴。
南京绝顶风迎，虎踞龙蟠略领。
秦淮绰约华艳醒，最美江南得幸。

最高楼　夫人

初相见，早已忘情形，只印象芳名。
更藏心里永相记，来天通电话澄清。
二中旁，师范里，并肩行。
一宿舍、影身频出现。
办公室、许成心意愿。再难舍、互相倾。
轻寻黑发除丝白，共呆内室响门惊。
放长鞭、操酒宴，爱妻迎。

醉公子　梅花山

梅花山上俏，花开知多少。
丽日小杨春，香飘万朵闻。
游客蜂拥到，岭坡林下笑。
六色五颜真，欢声鼎沸人。

醉花间　同学

情相默，意相默。从小无猜乐。
天各一方时，无奈分离舍。

春来秋去过，再见欢亲热。
同城各立家，都有欢心彻。

醉红妆　妻子

金枝玉叶不相饶。态端庄、好女娇。
善眉慈目总心交。温情样、醉心陶。

疼怜思念遍丝毫。爱恩享、手牵牢。
似玉如花光景短，相白首、乐逍遥。

醉花阴　日照

弯月海滩银色彩，装满波涛骇。
高浪扑柔沙，转眼消泥，潮起风高再。

夏来顿失安宁态，人满铺天外。
凉水露黑头，岸上芸芸，嘻笑充天籁。

醉思仙　登蜀山

老夫妻，正蜀山顶上，霾雾依稀。
望合肥难见，天鹅湖低。
春分到，逢周末，一路赏旖旎。
仰坡环绕小道，暖融融爽风徐。

林密深列列，半鲜半旧相依。
椴树高直大，藤蔓其皮。
鲜花放，无名草，手挽手，走边堤，
听莺声。好岁月，朝夕相伴欢娱。

醉太平　天岗湖

天岗有湖，东边我初。
突来疾病无途，父偏方救出。

春天树疏，冬天一无。
邵庄坡下独孤，祖父教字书。

醉春风　江南雪

雪洒纷飞舞，灰茫穹上吐。
飘扬弥散任何将，怒，怒，怒。
夜晚清晨，续天连日，几时停住。
洁白人间素，千万条道路。
往来无数是车人，堵，堵，堵。
窗映虚楼，远高近矮，影深林树。

醉翁操　团圆

忙完，离班，团圆。

过青山，江南，追着艳红西阳天。

万家灯火时间，人未眠。

习惯似从前，彼此相互谈叙闲。

爽天漫步，观水流泉。

赏花草木，鸣鸟来回不嫌。

柴米葱姜油盐，肉蛋鸡鱼瓜甜，精心挑选鲜。

厨房烹调全，对饮意情绵，聚欢那管分两边。

醉乡春　春

老树一层新绿，芽吐叶出重起。
透日丽，漫风和，春到冷冰寒去。

洗净碧天开启，盎趣生机大地。
鸟儿唱，盛花开，世间美好宜长续。

醉吟商　牛首山

雨润烟岚，雾淡绕山稀看，只能分半。
世外桃源饭，十五天农家馆，闻香酒干。

醉蓬莱　汤泉

大江南北望，楚地平川，老山新霁。

扬子东流，展开英雄气。

虎踞龙蟠，石头城下，厚重高墙砌。

壮美江南，金陵古邑，艳秦淮水。

正值升平，一隅难得，浦口汤泉，响名传递。

旁九龙湖，宝地呈祥瑞。

翠绿绵延，隐密幽谷，百鸟轻清脆。

世外桃园，栖生安享，月明风细。

竹马儿　乡趣

安祥一方天，温馨土地，太阳和煦。
八方连四面，林树丛密、排行成序。
遍野空旷荒芜，其间起伏，埂弯长遇。
乱草任枯黄，起风时，柔软铺平随绪。
远望天空上，飘浮不定，白云如絮。
纷飞鸟翱翔许、来往频繁回去。
弱水格外分明，不惊澜见，多少微波举。
晨中暮里，享恬乡愁趣。

醉妆词　酒

早喝兴，晚喝兴，醉酒何时醒。
晚喝兴，早喝兴，切莫公钱请。

后记

　　宇宙在，地球就在；地球在，世界就在；世界在，人类就在；人类在，情感就在；情感在，诗词就在；诗词在，记忆就在；记忆在，历史就在；历史在，文明就在；文明在，世界就永放光彩。诗词就是这光彩世界的最耀眼的明珠，是人的外在心灵。现在记之，后人悦之。